遇见幸福这个人

这个人

邵正宏 ▌著

COME ACROSS
HAPPINESS

四川大学出版社

责任编辑：王　玮
责任校对：陈　蓉
封面设计：邓　涛
责任印制：王　炜

图书在版编目（CIP）数据

遇见幸福这个人 / 邵正宏著. —成都：四川大学
出版社，2017.9
　　（幸福人生系列）
　　ISBN 978−7−5690−1189−0

　　Ⅰ.①遇… 　Ⅱ.①邵… 　Ⅲ.①散文集−中国−当代
Ⅳ.①I267

中国版本图书馆 CIP 数据核字（2017）第 233310 号

四川省版权局著作权合同登记图进字 21−2017−621 号
本书简体中文版权由橄榄出版有限公司授权芥菜种文化发展（深圳）有限公司

书　名	遇见幸福这个人 YUJIAN XINGFU ZHEGE REN
著　者	邵正宏
出　版	四川大学出版社
地　址	成都市一环路南一段 24 号（610065）
发　行	四川大学出版社
书　号	ISBN 978−7−5690−1189−0
印　刷	深圳市希望印务有限公司
成品尺寸	170 mm×230 mm
印　张	14.5
字　数	172 千字
版　次	2017 年 9 月第 1 版
印　次	2017 年 9 月第 1 次印刷
定　价	42.00 元

◆读者邮购本书，请与本社发行科联系。
　电话:(028)85408408/(028)85401670/
　(028)85408023　邮政编码:610065
◆本社图书如有印装质量问题，请
　寄回出版社调换。
◆网址:http://www.scupress.net

前　言

　　世界各个民族在成长过程中都积累了丰富的经验和智慧，这些经验和智慧最终积淀成文化。东方民族和西方民族成长的自然环境和社会实践过程有一定差异，所以其文化必然也会有一定差异。但是无论东方民族还是西方民族，他们都是人类的一部分，其所面对的自然环境和社会实践也大同小异，因此其经验和智慧也必然是相通的。

　　由于人类的生存环境和所面临问题的共同性，自古东西方的先贤们就努力突破地理环境的限制和阻隔，进行了大量的政治、经济和文化的交流。随着科学技术的发展，交通和通信越来越便利，东西方民族文化交流更加频繁。人们对东西方文化交流进行深入研究后发现，无论是东方智慧还是西方智慧，都有很多相通甚至相似的地方，也有不少可以相互借鉴的内容。

　　本书作者是中国人，从小就受到中国博大精深文化的熏陶，熟知中国文化的要义和典故，到美国后又受到西方文化的熏陶，收获不少心灵的启发。他发现，其实东方文化和西方文化对生活和生存的智慧是可以相互映照的，并且在这种相互映照下人们对生活和生存可以有更深的体验，从而让个人的生活更幸福美满。其实，文化不是像亨廷顿所说的，只有必然的对抗，而是有更多的相通和可以融合之处。东西方文化都是人类的宝贵财富。人类要智慧地走向未来，就需要求同存异，加强文化交流，促进文化融合。

　　所以，作者在书中总结了他生活里的点点滴滴，希望大家阅读后有所收获。

推荐序一

体会幸福的甘甜

"悦"读老友邵正宏的这本新作，仿佛时光飞越千山万水，又回到读书、就业、成家，上有老下有小，"家事国事天下事，事事关心"的年代。从家里一对可爱的儿女，到职场每天的认知与体会，从东方古典文学的智慧到西方圣经的引导，作者把生活中的点滴汇聚成精彩的见证，在有形与无形的篇章里，诉说着"人生有品"的深刻道理。

作者的写作功力挥洒在不经意的笔尖下。从一段非常错落的柏林围墙，读者的思绪可以一下子跳跃到眼前的水墨画家；从苏东坡和贾谊的死谏，轻悠悠地来到约瑟如何替法老王解梦的场景，仿佛看了一场穿越剧；更能从鉴古知今的行文中，体会作者的用心良苦与渊博的知识。仿佛是一张泼墨画，让人有了轮廓又有了意象，感觉异常深远而又回甘。

借圣经故事来写文章的人比比皆是，运用对比法来叙述的人却并不多。除了对比，作者还在字里行间透露出对文化的界定以及台湾人当下的心境。在不经意间，也为他日常生活身边的朋友做了引介：有些人用身边的故事，提醒人们活在当下，注重伦理道德；还有人从管理的角度，告诫人们不能过着虚无缥缈的生活。

身为女性读者，我更喜欢作者对他生活的描述：

> 昨晚回家后，陪小儿丢球20分钟，看女儿功课20分钟，读30页小说30分钟，再看电视新闻30分钟，沐浴后再与妻儿睡前分享聊天30分钟，熄灯、互道晚安时，差不多是11点，这个晚间时段还挺充实的。

从这段话中我们可以看到一个负责任的丈夫、一个钟爱家庭的中产人士及其有规律的生活。在细小的生活轮回里，我们体会到用大爱的目光关怀世人的柔软心态。

2001年，我创立了新世纪形象管理学院，主要是联合港、澳、台和大陆的教育界精英，倡导优质形象的整体概念，并且每年举办年会讨论质量、品管、品德与品位的重要性。欣见这本书当中的许多故事，也都是着墨在品行和品德的教化上。作者说：

> 当生命找不到意义时，人很容易产生负面思想。
> 当生命找到意义时，再残弱不堪的身躯，也会充满热力，散发炙热的光芒。

这真是言简意赅。人类苦苦追求的许多物质需求，往往造成了

精神空虚的妄想症。

面对现代社会中各种人心不古的现象，许多人都大叹无奈。然而，从古至今解决的方案也不过是"教化"二字而已，用圣经的语言就是明白"当行的道"。作者引用《希伯来书》第12章11节："凡管教的事，当时不觉得快乐，反觉得愁苦；后来却为那经练过的人结出平安的果子，就是义。"这是告诫众人莫要存在侥幸的心理，对于子女要能"管"还要能"教"。并且，作者也用这些悟出来的方法管教自己的孩子：要放下，不要放松。

时光在回忆中度过，我们才能体会幸福的甘甜。作者提到他的硕士论文被退回13次，要第二个孩子等了10年，人生都是在蓦然回首后，才找到灯火阑珊处。"爱是恒久忍耐"，许多人误解这句话的意思，总认为要拥有真爱不仅需要很长的时间，还要遭受很久的折磨。其实不然，恒久的意思是指要经过很久的时光，不要懈怠，才能找到真爱和幸福的真谛。没有一番寒彻骨，哪能闻到梅花香？唯有走过漫长的人生路途，才能真正明白什么是身前的灯和路上的光。

品格形象管理专家　石咏琦

推荐序二

闲闲道桑麻，幸福在其中

认识正宏近二十年，对他的了解却不如读他一本书来得深。文字啊，弥补了多少生命中的擦肩而过，又揭示了多少内心丰富的情感！这再一次印证了文字表述的必要，让人在阳光下活得不如皮影戏般薄弱，同时又可展现一番立体的风貌。

和正宏曾因作者、编者关系交换过一些对专栏的想法，也在《宇宙光杂志》上读过一些他撰写的"编者的话"，对他的创意和见地虽有涉猎，但也许因他编辑人的身份，我从未有机会把他当主体来好好地"阅读"一番。如今一口气将此书读完，一个完整的灵魂才在心中慢慢现身。原来，他生活得如此有滋有味，对生活各个方面都有涉及，且都有一些想法可说。

无论是《建立眼光》《品格成全》篇章里，对时间、品格、人生意义等带些哲理的探讨，还是《且教且养》《认识爱》《一家之嘱》篇章中，从对管教孩子、家人间的关爱和做家务等家庭生活中的学习，正宏都能以小见大，举重若轻，从当下引向永恒。

"姜还是老的辣"，多年读稿，正宏练就了一番文笔身手，似闲闲道来，字字散发的却是对生命的一种认真态度。认真地省钱（《汤圆理财法》），认真地培养习惯（《准备永远不够，但必须开始》），认真地做家务（《做家务》），认真地衡量生活态度（《量化的提醒》），认真地学习去爱、被爱和用细节来营造爱（《宠爱三部曲》）。若要定义他的"幸福"，必须说，绝对离不开认真地实现他之所信（《我们不一样》）。

信仰是正宏生活的脊梁骨，它不是一般人所想象的律法诚命，而是从内到外活出来的一种生活方式，还是一种家风传承，从他父母到他及他的子女，三代。那种要把信仰传递给儿女的志向与寄望，怕是许多父母之心愿，但不见得都能实现。读正宏《且教且养》的几篇文章，倒是能给做父母的一些具体指导。

身为创作者，最吸引我的，要数书中的《11封信》了。这11封信是21世纪的正宏向李后主、苏东坡、施耐庵等古人倾诉所写出的一封封书信。历史中的身影又一一被召回，远渺的一些"曾经"又再一次让人沉吟。跨过千古送去的温暖慰问，或对古人满腹诗书的求问，都比不上探问古人若知有永恒会有什么样不同的历史要来得悬疑。古今两相映照，很有现在流行的"穿越小说"的味道。一进入古文，好似文字也变得优美、雅致起来。在这粗糙文字满网络飞的时代，真有点久违了的感觉。

整本书给人一种作者生活得气定神闲，有重心、有把握的感觉。我想，这就是幸福！

如此一本读来有味，又让人有生活领悟的书，盼望读者不仅是"遇见"，而是能"有心"找来一读，多少可以获得一点幸福的感觉。

作家　莫非

自　序

　　我很喜欢"11"这个数字，从字形符号的角度来看，两条直线，像排列整齐的队伍，一个跟着一个。"11"并不是个完美或完整的数字，不像"12"，一年有12个月，一天有两个12小时，一小时有12个5分钟。"12"很完美，而"11"则比"12"少了一点，没那么完美。

　　还有，"11"也没有"10"这么完整，咱华人喜欢用"10"来形容好事，如"十全十美""十分美丽"……而"11"却比"10"多那么一个"1"，是个很难整除的数字，有点麻烦。

　　但是，我倒很喜欢林书豪对他在纽约尼克队时身穿的"17"号球衣的诠释，"1"是上帝，"7"是《圣经》中完整的数字。

　　对，上帝是"1"，而我则是跟在上帝后面的另一个"1"；我这个带着麻烦的小"1"总跟着它这个大"1"，顺着它的带领而走，自此，"11"这个数字，反而变得完整与完美。

跟着幸福走，后面的"1"可以更自在，更洒脱，更随心，更放松。

　　我很幸福，因为我遇见"幸福"这个人。

目录

建立眼光

立场，
常常让自己画地自限，
找不到出路，
执着半天，
有时反而陷入僵局，身陷泥沼。

关键在扭力

马力，是人们在强调一部汽车的性能时最重视的一个部分。马力大，表示汽车跑得快。但是在爬坡或是载重时，汽车的扭力可就是关键。扭力大的汽车，可以轻松应对爬坡或载重时所增加的负担。有一个公式可以解释马力与扭力的关系：

$$马力（功率）＝扭力×速度$$

以这个公式类推，如果做好一件事，代表马力好（功率大），那么做好这件事的扭力是什么？

答案自然是做这件事的人了！所以或许我们也可把公式改成：

$$做好一件事（功率）＝做这事的人×速度$$

苏东坡的《贾谊论》

历史上有名的汉朝"文景之治"，曾为当时的人民带来一段时间的休养生息。不过因为刘姓打下天下，分封在各地的刘氏宗亲掌管了各地的诸侯国，当皇位传到汉文帝时，诸侯的势力已越来越大。对此汉文帝虽不以为然，但是当时的一位才子，却认为这种情况很危险，所以向皇帝上书，表明若要让汉室江山避免战乱，就必须削减诸侯国的势力，减少其兵权与领地。

这个献策的人，就是21岁就当上博士，在中国文学史上大名鼎鼎的贾谊。

贾谊上书皇帝的这番话到底有效否？答案是否。为此苏东坡还在后来写了篇《贾谊论》来说明为什么贾谊的建议没被皇帝采纳的原因。

苏东坡说："若贾生者，非汉文之不能用生，生之不能用汉文也。"

也就是说："不是贾谊是个不能用的人，而是贾谊不能让汉文帝好好地用！"

为什么苏东坡这么认为呢？他后面又加了句：

"呜呼！贾生志大而量小，才有余而识不足也。"

原来，贾谊这般才子，本是皇帝最应该用的人，但是他不断地告诉皇帝要削藩，此举得罪了列侯。列侯纷纷排挤贾谊，最后让汉文帝感到贾谊的人际关系差，虽然才高八斗，但是做事不够圆通，易招小人妒忌，因此就把贾谊调离京城。汉文帝是一位明君，却不能好好地用贾谊，苏东坡便下了个结论说："而为贾生者，亦谨其所发哉。"此言即谓高世之才，要谨慎言行，不要随便发泄情感。

贾谊后来做了梁怀王的老师，但是在一次意外事件中，梁怀王

坠马而亡，贾谊非常自责，也非常思念，最后郁郁而终，享年33岁。

削藩这件事，到了汉景帝时才证明贾谊是对的。因为汉景帝时，诸侯势力大增，甚至起来造反，形成"七国之乱"。

可见，如果要做好削藩这件事，套用前面所列的公式：

$$削藩＝贾谊×速度$$

可惜的是，贾谊太急了，速度太快，苏东坡说："君子如果眼光看得远，就必须要有所等待，如果希望将来有大成就，就必须学习忍耐。"贾谊就输在这"待"与"忍"二字上！一代名臣，就此陨落。

异国宰相

在犹太人的历史上，有一个人官拜埃及的宰相，因此扭转了犹太人的命运，而且繁衍出犹太人的12个支派。这人就是曾被哥哥们卖到埃及的约瑟。

约瑟很小就在梦中看到一些异象，而且他做的梦总是奇奇怪怪的，常惹得哥哥们生气，最后落得被卖给埃及人做奴隶的下场。

他做奴隶时又得罪了老板娘，无奈被关进大牢。在大牢中，会解梦的他，期待其他人能在出狱后帮他美言几句，谁知却音讯全无，于是他只好耐住性子，等啊等，直到有一天，机会来了，法老王要他帮忙解梦。

约瑟解梦解得好，法老王心喜之下，竟要他来解决梦中所显示的灾难，并立时拔擢他为埃及宰相。

约瑟终究凭着他的智慧与远见，将埃及治理得很好，且使埃及因存粮丰富而得以度过7年的饥荒。也因为他一人之下、万人之上的身份，在与哥哥们冰释前嫌之后，他将全家人接到埃及定居，从此犹太人在埃及繁衍了400年，壮大为一个很大的族群。

约瑟在关键时刻，沉住气，不心慌意乱，不心高气傲，终于成就了大事。

贾谊与约瑟相比，其实不就是差在"待"与"忍"二字上？

幸福启动时，需要有关键的扭力，有适当的速度，才会搭配出高强的功率，贾谊与约瑟的经历，都值得我们借鉴。

幸福小秘诀

在乎事情的结果比在乎事情的开端要重要。一个愿意忍耐的人，最终必能胜过一个内心骄傲的人。

在花香浪漫处

"家里的花怎么都枯掉了？"一天下午，女儿带着无奈的口气问我。

对于一向不善打理花草的我而言，这句话真的把我问住了！

"我也不知道，奶奶不是每天都浇水吗？"我回了一句。

"我们家的白鸠也太孤单了，孤零零地关在鸟笼里。"前面的话题还没结束，女儿又开启另一个话题，语气中充满了感慨。

"所以你现在有个弟弟陪你，不孤单了吧！"

我只想把话题转得正面积极些，希望小姑娘别再感慨下去。果然，我这话题一转，她眼睛一亮：

"现在每天放学回家都可以看弟弟、抱弟弟，他实在是好可爱哦！"

她的语气里果然有了幸福。

虽然花枯了，但是叶子还很绿，总有机会再开花；白鸠虽然形单影只，但是身体健康，叫声昂扬，总比多一只白鸠在笼子里与它争食要和平得多。

许多事，换个角度想，感受就不同了。

口中少叹气，两颊笑嘻嘻，凡事随风过，心情最得意。

五万八的弹珠汽水

一念之间的决定，常常关乎下一刻是得意还是失意。而这所谓的一念，其实也算是看事情的角度。

最近在一个电视猜奖的节目中就有这么一个例子。

艺人来宾玩游戏，一位女艺人赢得胜利，在众多奖项中抽出其中一个号码，最大奖是汽车一辆，最小奖则可能是牙膏一只或香皂一盒。不过不管抽中什么，在还没揭晓奖品项目前，主持人会给艺人一个机会，就是用现金买下她所抽中的奖品。

主持人一开价就是10 000元，问女艺人卖不卖。答案当然是不卖。于是主持人5 000元、10 000元的一路往上加，一直加到了38 000元，问她卖不卖，她还是不卖。

女艺人说："上回来上节目，你都出价88 000元，我也没卖，所以现在不卖。"

冲着这句话，主持人便义气十足地硬生生再加20 000元："58 000元，卖不卖？"

就在女艺人有些心动陷入思考时，电视左下角分割画面出现她抽中的奖项内容——价值10元的弹珠汽水两瓶。哈！大概所有电视观众都为她紧张，58 000元当然要卖呀！然而这位女艺人考虑半天之后，却肯定地说："还是不卖。"

可以想象，她在坚持己见之后，在答案揭晓的那一刻，心里有

多惋惜；观众都看得出来，她那时候的笑容有多僵硬。一念之间的决定，真的注定下一刻是得意还是失意。

是什么念头让她坚持不卖？是以为自己抽中了大奖，是不信自己的运气这么差？是贪心使然，不愿见好就收罢了。如果之前换个角度想，"拿58 000元回家也不错呀"，或许之后她就不会扼腕叹息了吧！

去河里洗七次澡

古时候，亚兰国的大将军乃缦虽然打赢了仗，却染上了不好意思说出口的病，那就是人见人怕的麻风病。他带着大批钱财、礼物和皇帝的命令，到战败国以色列寻访先知名医。好不容易找到先知伊莱贾，谁知伊莱贾只讲了一句话："到以色列境内的约旦河去洗7次澡，这样病就会好了！"

贵为大将军的乃缦认为伊莱贾耍他，愤愤不平，准备打道回府。

还好身旁的仆人提了一句："既然来了，不如就试试，最坏的情况顶多就是无效嘛！"这句话让乃缦换了个角度看事情，静下心来到河里洗了7次澡。果然，麻风病被医好了，而且皮肤如同初生婴儿一般。

一念之间的决定，真的关乎下一刻是得意还是失意。

玫瑰花，甚美，但有刺。我们是否会因为它有刺而不去欣赏它呢？

换个角度欣赏事物，转个念头看待前景，说不定劣势会变为优势，失意会转为得意。

在花香浪漫处，就算有刺，也一样有花香。

　　充实心灵，不被世俗的名利、地位所影响，才能真正体会生命中的美好。

人生的变奏曲

对现代人而言,什么行业最赚钱?或者这么问:"什么专业出路最好?"小时候,父母就曾说,当医生最好,工作稳定,行业高尚,赚钱最多,但是医科不好考呀!医科也不好读呀!

所以,能考上医科,又能够稳定就业的,在社会上总会获得一定程度的肯定。同时,医生这份职业受尊敬,毕竟这是救人脱离病痛、避免死亡的工作!

然而,如果一位功成名就的医生突然不再做医生,反而去当画家,这可就有些违背常理了!想必是在生命中发生了什么奇妙的际遇,或是经历了什么特别的状况,才会有如此大的转变。

为什么他会有前后这么截然不同的转变?生命要被什么力量感动,才能弹出变奏曲?

医生画家施哲三

曾经是核子医学的专家,又在美国威斯康星大学医学院从事研究及临床工作前后约三十年的施哲三，不仅在学生时代是老师眼中用功的好学生，甚至在医学院求学时即已被老师钦点为最佳的精神医学医生。然而施哲三在科学与医学领域功成名就之后，竟然舍弃一切成就，投身于画坛。从第一张画作被知名画家誉为天才画家之后，多年来施哲三的画作不但享誉国际，更屡创佳绩。从没拜师学过一天画的他，将一切成绩归于命运的安排。

他说："当我的人生走到一个阶段，就是从表面上看起来，汽车洋房、名利地位，该有的我都有了的时候，我的心里却开始产生一个疑问：'人生难道就只是这样吗？'"

施哲三开始寻找生命的意义，人生应该还可以做些什么有意义的事吧！就在这时，有朋友送给他一本《圣经》。刚开始，他像读历史小说一样，慢慢地读着，没想到越读越感兴趣，越读越被吸引，"要爱邻舍如同爱自己"这句话更深深地打动他："这就是我一直在寻找的答案！能够爱邻舍像爱自己一样，这是多么高贵的情操！这需要多么伟大的心胸！"

那一天，他找到了人生的意义，他决定放下过去的一切，决定从文化的角度来帮助人。

但是，不做医生要做什么呢？什么样的工作会与文化艺术有关呢？

他决定从画画开始。

说了就做的他，买了画具，准备好画布、油彩、颜料。但要画些什么呢？颇具天分的他，依凭着从小到大对生活景象的观察、成长经历的点点滴滴，幻化出一幅幅充满想象力的画作。

原本身兼科学家、医生、企业家于一身的他，自此开启了艺术之旅。他说："从决定画画的那一天开始，我就称自己为画家，这也是一个自我期许，希望能借着这些画，感动每一位观画的人。"

是变奏不是乱奏

当生命的乐章奏出不同的曲目时，那就不是玩票性质的事了。

对于施哲三而言也是如此，既然要做一名画家，就要认真地画，不是玩票。因此他不断地画，寻求在世界各地展出画作的机会。多年来，他的画风汲取了莫奈、凡·高等人的艺术精华，却以个人独特的诠释与表现方式呈现，尤其是他为孩子们所画的画作。

有一幅《天梯》曾引起广泛讨论，更吸引学校老师带着一批批学生来参观他的画展。"我最喜欢小孩子来看我的画，并且告诉我他们从画中看到了什么。"

他笑笑说："两架梯子，就像两条路。我问小朋友，这两架梯子各通往何处。许多小朋友都讲出他对画的感受，一个往天堂，一个往地狱；一个朝向光明，一个走入黑暗。"

是呀！人生中的许多选择不就是光明或黑暗吗？施哲三以他的作画之路，从信仰中所得着的启发，通过画作与赏画者谈人生、谈生命的意义。我终于知道，这是变奏，绝不会是乱奏。

施哲三的画家之路，虽然看似突兀，实际上却是他内心对自我的呼唤，难怪他所谱出的生命变奏曲旋律会这般优美。

幸福小秘诀

即使想尽办法为自己谋划前方的路，也算不准自己下一步是好是坏。不如脚踏实地，稳扎稳打。天道必定酬勤！

打开天窗

时序进入夏季，以致近来常常天一亮就醒了，看看时钟，也才清晨6点不到。可是晨曦总是让我睡意全消，窗外透进来的光线好像明镜似的，把瞌睡虫一个个全赶跑了，这时再洗把脸，整个人就精神了。

原来，窗户就像房屋的眼睛，可以将光线引进来，也可以让房里的人看到窗外的世界。正如人的眼睛是灵魂之窗，可以看见好的，也能分辨坏的，窗户打开，光明就能驱走黑暗。

说亮话与开天窗

俗话说："打开天窗说亮话。"为什么说亮话时要打开天窗？八成是因为说亮话就是挑明了讲，不拐弯抹角，不遮遮掩掩，不心虚气弱，所以要大大方方地说，敞开胸怀地说。可见，若有人附耳说话，或是在黑暗中私语，大多是讲些不想让太多人知道的事情。一旦打开天窗，光线进来，任何暗中进行的事都将曝光，暗地里说的话也要被揭露。

　　不过天窗可不能随便开，因为"开天窗"还有另外一个意思，就是该有的没有，该出现的没出现。记得二十几年前，我做电视幕后工作时，最担心的一件事就是开始录制节目时才接到特别来宾不能出席的电话，那种节目马上"开天窗"的压力简直是梦魇，足可吓人一身冷汗。

　　不过，犹太先贤玛拉基也曾强调，老天爷鼓励世人捐出金钱帮助需要的人，他将敞开天上的窗户倾福于我们，多到无处可容。

　　我才发现，老天爷也会敞开天窗，为的是让有能力的人帮助无能力的人，然后让世人皆有福，而且福分多到无处可容。

　　"天窗"这两个字，让我越想越觉得有意思。直到有一天，我见到一位专门画天窗的画家……

画天窗的人

　　"你可曾想过一个问题：在蒙古草原上所搭起来的蒙古包，为什么不靠任何钉子固定就能够挡风避暑，而且不会被狂风卷走，不会被洪水冲垮，更不会因为地震导致严重塌陷？"

　　朝伦·巴特尔老师冲着我问。这的确很有意思，我半晌回不上话。他说："这是利用力学的原理。蒙古牧民世世代代居住在这样一个集科学与艺术内涵的可移动建筑中。"朝伦·巴特尔是一位蒙古族艺术家，目前定居在美国纽约，爽朗的语气中，带着来自内蒙古大草原的豪迈。他说："蒙古包的四周无法开窗，所以只能开一扇天窗。"他特别强调："蒙古语中的'TOONO'就是天窗，除了是蒙古包用来采光之用，更是蒙古民族在辽阔宁静的大草原上，透过它与蓝天交流、与群星对话的桥梁，那是一种对心灵的滋养，任何人都无法拒绝天窗的神秘与蒙古包的审美力量。"

正因为如此，朝伦·巴特尔多年来一直以蒙古包的天窗为作画题材，美国哥伦比亚大学甚至给他一个作画空间，让他自由地进行创作。

"但是'9·11'那天，我正在作画，望着窗外，就眼睁睁地看着一架飞机撞上双子星大楼。我震惊了，画笔一丢就冲下楼，惊魂甫定，又看到另一架飞机撞上去，这时才知苗头不对，没多久，就看着这两栋大楼在我眼前倒塌，顿时尖叫声、惊恐声四起，大家逃的逃，跑的跑。"

"9·11"事件让朝伦·巴特尔有了新的体悟："种族、文化之间不沟通，所造成的误解甚至仇恨，竟是这样深。外面的世界已经变成这样，我怎么还画得下去？"他形容这是一次震撼教育，他从此走出画室，希望用蒙古民族的符号"天窗"，向全世界呈现不同的文化，并呼吁大家尊重不同的文化，期望人类互相理解、沟通。

因此，他以大地为画布，以各种素材为画笔，创作出一次又一次以"天窗"为主题的行为艺术。上一回他在蒙古草原，以树枝圈成一个直径一公里的天窗图样，夜间燃起树枝，从高空往下望，宛如一扇穿越黑暗的天窗，十分壮观。

几年前，在成吉思汗建立蒙古帝国800周年时，他在蒙古草原上，以800匹骏马围成天窗图样，向前奔腾。他期待以此浩瀚气势，唤醒世人对不同文化、种族的尊重，并且互相关怀，珍惜生命。

不仅是"天窗——八百骏"这一项艺术创举，朝伦·巴特尔以艺术作品向世人传达"爱与尊重"的心更值得我们肯定与支持。

至于我，对于天窗的认识，从这一刻开始，再也不仅仅是"打开天窗说亮话"或"做事情开天窗"这两种粗浅的认知，而是有了更多对其他种族、文化的尊重与了解！

人与人之间，若能从"爱"出发，尊重对方独一无二的生命，那么横亘在两人之间的鸿沟将逐渐填平。

想法转个弯

立场，常常让自己画地自限，找不到出路，执着半天，有时反而陷入僵局，身陷泥沼。

柏林围墙的省思

世界上看似荒谬的事很多，然而当自己作为一个旅行者，走在柏林围墙前，才发现分隔开东德、西德的这道墙，才是真正荒谬的事。

这长长窄窄的一道墙，在1990年之前，谁也不得越雷池一步，否则马上兵戎相见。

当一个你不让我、我不理你的僵持局面出现时，仇恨也随之而来，想要化解这样的冲突，只有期待时间带来的机遇。

一墙之隔的东德、西德，在西边的生活较富裕，百姓的日子过得也好，只可惜文化古迹少；在东边的生活困苦，百姓穷得难过，但多的是教堂古迹、文化遗产。两边各有各的优势，但却无法分享。

终于有一天，西德想通了，率先开始建一条通往东德的路，直通到柏林围墙前；但东德没钱修建这条路，也不太想修！西德人于是拍拍胸脯说："没关系，我帮你修，我出钱，你出力。"就这样，通往东德的路继续修建下去，一直到1990年，这条路还没修完，两德竟先统一了！

我想，这是西德人对东德人的善意表现感动了东德政府的结果吧！

原来，爱的力量可以这么大！对西德人而言，不过就是想法转个弯而已。一道墙，划分了两个世界，何必呢？西德人想通了，必须先拆除心里的这道墙，为东德人做点事、尽点心；心里无形的墙拆了，东德、西德之间有形的墙自然也就容易拆了！

柏林围墙的拆除，不过是一个观念的转变，"想法转个弯"，结果却是东德、西德双赢。

水墨画的材料

几年前曾看过一场画展，展出的作品是画家胡宏述的水墨画，气势磅礴、云雾缭绕，让人有如身在雾气茫茫的云端，其中几幅大尺寸的画作，更令人驻足良久、感慨万千。

但令人惊讶的是，一般用宣纸画的水墨画，不可能有这么大的尺寸呀！除非画在墙上。

于是，我前进两步，仔细观看，才发现那不是宣纸，也不是我以为的毛笔水墨画，而是油画，是画在布上的！

这显然是极不容易掌握的技巧，而且是大胆的创新。用西方的材料、东方的题材，合作出一个令人难以想象的画面，难怪会这样震撼人心。

　　胡宏述用画笔、颜料，在抽象与具象交替的想象空间中，将水气、云雾、山岚、树影幻化出一幅幅似幻似真的画面。站在画作前，时而感觉自己有如面对一道大瀑布，水流由上倾泻而下；时而又觉得自己坐卧云端，随意抚弄一朵朵棉花般的白云。真是令人震撼又欣喜！

　　不仅如此，胡宏述颇具创意地将大提琴与现代舞结合在一起呈现。在画展现场，舞者随着空灵的乐声在画作前舞蹈。艺术的创意与美善，又再度提升！

　　这又是一次"想法转个弯"的双赢呈现。谁说东方的水墨画不能如西方画作一般，尺寸大到可以占据整个墙面？谁说东方的水墨画不能与西方的乐器、舞蹈结合？这一切的创意与大胆转变，不过是"想法转个弯"之后点燃的新火花呀！可见，当一个人心中有个美的念头，眼界就开阔、远大！东德、西德如此，胡宏述的画作也是如此，结果都让人感动，令人震撼。

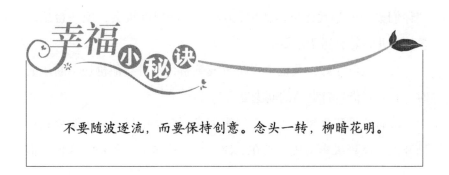

幸福小秘诀

　　不要随波逐流，而要保持创意。念头一转，柳暗花明。

多一点文学和艺术吧！

下午五点半，我才从家具展密集轰炸般的场面中匆忙逃出，一位钢琴店的店长拉着我讲了好久。我也很意外自己怎么会听他介绍半天，我想大概是因为他一次又一次把价钱压低，而且还语重心长地说了一番话，提起了我的兴趣。

价钱到底有多低呢？其实也不算低啦，只不过他一直降价就是了。那是一台顶级的展示琴，原价28万元，但因是展示琴，又已经是展览的最后一天的最后一小时，所以他愿以5折售出；又见我有诚意，所以再降3万，只要11万。

当我听完他介绍这琴有多顶级，我笑笑准备离开时，他又说："你们家的旧琴我还可以让你折6万元，你把握机会，换一台顶级琴给女儿，她会感激不尽的。"

哈！他口才好，我也觉得听听没关系，不过当他价钱不断压低时，我只好借口打电话问问老婆了！

最后他见我犹豫不决，一副想买又不敢买的样子，干脆要我自己开价，就算买卖不成仁义在。说实话，这琴的确不错，音色也很好，价钱也一降再降，他还说："花在音乐、艺术上的钱不要舍不得，像欧洲的民众，学音乐或听音乐会就是生活的一部分，这是他们的文化，但台湾就不太注重这些。所以，你觉得台湾有什么文化？"

咦？好熟悉的一个问题，怎么好像最近常听到这样的问话？

胶彩画的画展

我想起是谁问过我这句话了，是在一个胶彩画展上遇见的胶彩画会会长赖添云。他表示，在台湾当然不可能靠卖画为生，因为台湾看画、买画、收藏画的人实在不多。在台湾，胶彩画曾有一段时间不被认为是绘画主流，所以一直没有得到大力提倡，直到1977年，才由林之助教授正式为它取名为"胶彩画"。

林教授以素材媒剂为分类标准，以油为媒剂是油彩，以水为媒剂是水彩，以蛋为媒剂是蛋彩，所以"胶彩"当然就是以胶为媒剂。

赖添云会长说："我50岁就退休了，专心画画，也借着画会推动绘画艺术，最近展出的胶彩画，多半是借着邀稿、办绘画比赛等机会所精选出的作品。趁着我还有时间、体力、能力，能争取到经费就尽量争取；若没有经费，就请朋友们捐画，办画展卖画，然后再举办比赛，让学美术的人渐渐增加，让美进入我们的生活。"

他尤其感慨道："日本人在生活中对美的事物很坚持，连水沟盖都做得很精致，这是他们的文化，对美有执着的要求，但我们就缺乏这样的文化。像胶彩画，就是从日本流传出来的。"

我仔细推敲着一幅幅胶彩画，虽然远看就像水彩一般，但是细看之后，真如赖会长所言，有非常丰富的层次，色彩从最淡到最深，比水彩画更细致、更有线条。而画风则随画家而异，有的抽象，有的具象，有风景写生，也有人物描绘，各种表现方式都有，其意境让人遐想。

一边看画我一边有许多猜想："到底有多少人会来看画展？又有多少人会花钱买画？虽是动辄数万元的画，但都是资深画家的作品，价格也不算贵，为什么在我们的生活中，买画的风气仍旧不普遍呢？"

作家老友访台

一个月前，一位与我只有信件来往的熟悉作家访台，我终于有机会和他见面长聊，我俩就像是老朋友，话匣子一开就关不住了。他先说他来台演讲的主题，然后说到最近所读的一些经典著作，他深深感到书海无涯，尤其更觉阅读的重要性。"如果要讲给别人听，自己就应多读书，尤其要读经典，才会知道过去伟大的作者为什么会有那样的文思，能写出这样可以传世的作品。"不过，他也无奈地说："现代人越来越忽略阅读，以致讲出来的东西渐渐缺乏内涵，也不感动人。"

我突然发现，这也是文化的问题……

谢谢那位卖钢琴的店长，让我对"文化"二字多有思考。在我开了一个很离谱的价钱且没有成交时，我走出展场，往斜对面一间台南羊肉干面小吃店走去。是的，只剩下小吃了，而且是台南小

吃，这家店在台南已经经营50年了，店老板是从台南来的，现在子承父业来台北开分店，我这个过客，肚子饿了，就先"文化"一下吧！

吃完这顿，未来，你我都该多一点文学和艺术吧！

再珍贵的珊瑚、水晶都不足论；唯有智慧，其价值比珍珠还高。

五千两、两千两与一千两

　　许多人都很熟悉《圣经》中耶稣曾说过的一个故事：有个主人要离家出远门，离家前将家中三个仆人叫到跟前，按照各人的才干分别交给他们五千两、两千两、一千两银子。

　　结果一年后，主人回来了，要他们交账。这个领了五千两银子的仆人，又赚了五千两。主人说："好，你这又良善又忠心的仆人，你在许多事上有忠心，我要把许多事派你管理，可以享受到你主人的快乐。"

　　接着，那个领两千两银子的仆人也来交账，他也赚了两千两。主人非常高兴，也称赞他是又良善又忠心的仆人，并给予他和第一个仆人同样的奖赏。

　　但是那个领了一千两银子的仆人，却只交回一千两，因为他怕将这一千两赔掉了，所以干脆埋在地里，等主人回来再还给他。主人一听十分生气，怒骂他是"又恶又懒的仆人"，不仅没有奖赏，还将这一千两转送给第一个仆人。

　　这个故事给后世许多警惕与反省。

于是，常有人在谈到才干这个话题时，问他人说："你的才干是'五千两'、'两千两'还是'一千两'？"

我也常常评估自己、反问自己，到底我的才干是"五千两"、"两千两"还是"一千两"？

有一天，当我正在处理家中马桶漏水的问题时，我突然懂了，原来我三者都是。我既是"五千两"，也是"两千两"，还是"一千两"。

对修理马桶漏水这件事，如果拿我的技术跟水电行师傅来比，我的技术等级绝对属于"一千两"，而水电行师傅一定是"五千两"，因为这是他的专业，我比不过他。但是对于写作、阅读、讲故事甚至演戏、配音、导演等这类大学主修过的事，我自认没有"五千两"也有"两千两"，绝不至于只有"一千两"的才干。

我发现，原来每个人都有"五千两"、"两千两"与"一千两"之处，不是看才干的多寡，而是看才干所在的领域。

如果一个有"五千两"才干的人，到了一个陌生的领域，只能发挥"一千两"的才干，这时该怎么办？

试想，如果我搭飞机出国，突然间，飞行员过来告诉我，要我接替他开飞机直达目的地，纵使我有"五千两"的才干，但对开飞机一窍不通，那么这时"五千两"的才干，大概立刻就贬值成"一千两"的才干了！我肯定立刻拒绝，不接受这个任务，就像那个拿了一千两银子的仆人将钱埋在地里一样，然后被主人怒骂为"又恶又懒的仆人"。

这么一想让我为之一惊，原来耶稣讲的这个故事，不是要我们去评估自己的才干属于"五千两"、"两千两"还是"一千两"，我相信耶稣也不希望我们用这样的标准去评估他人，而是希望借此鼓励我们，即便只有"一千两"的才干，也能努力再赚一倍回来。所以不是量多量少的问题，而是有没有发挥才干、努力成长的问题。就前述例子来说，如果我不会开飞机，却被赋予开飞机的任务，那么我应该在有限的时间内，努力学习驾驶飞机，并将飞机平安降落，开抵目的地。

想通了这点道理，我不时拿这个标准来检视自己，到底我这段时间有没有努力成长；有没有订下计划、目标，将自己的才干再次提升。如果没有，那么我就是"一千两"；如果有，就算是"五千两"。

不过，很多事不是想成长就能成长的，还得有许多配套措施，比如"用专心的态度去熟悉手中的事"。

有一年，我带全家到印度尼西亚的巴厘岛度假，才下飞机就急着兑换钞票，那天的汇率是1美元换8 600卢比。我们匆匆换了400美元，共344万卢比，抱着一大沓钞票，就离开了机场。在机场外我们找不到来接我们的旅馆车辆，就找了一个贩卖亭，请店员帮我们拨电话，打通之后，联络妥当，终于可以放心等车来接我们了。我问店员这通电话多少钱，他用英文回答我："1 000元。"我一算大概折合新台币4元，市区电话的价钱，跟台湾差不多。匆忙间，我从荷包那一沓钞票中挑了一张五字头的给他，对方也一派轻松地找了我4 000卢比，我们就放心等车去了。

到了饭店放下行李，在房间计划未来几天行程时，我突然发现，不对，怎么少了一张50 000卢比的钞票？我确信换钱时没有低于10 000卢比以下的零钱，但为什么钱会少呢？我恍然大悟，打电

话时我给店员一张面额为50 000卢比的钞票，他欺负我初来乍到，还搞不清楚钞票的面额以及钞票的颜色，所以把50 000卢比当5 000卢比，只找了我4 000卢比。换句话说，他昧下了我45 000卢比！

虽然损失新台币不到200元，但让我懊恼的是，精明的我，怎么会让这样的事发生？我得出一个结论，因为自己不专心、不熟悉环境。如果不熟悉自己手中的事，再加上不专心，当然容易出错。可见要想努力成长，也得专心与熟悉才行。

这件事，让我更加警醒，要熟悉自己所有经手的事，必须专心，才不会徒劳无功，错误百出。

我不再衡量自己是"五千两"、"两千两"还是"一千两"，但是我提醒自己，不管我有多少才干，都要让它倍增，因为这是上天乐见的事。

幸福小秘诀

即便是做一个仆人，只要良善而忠心，主人必会将更多的事情交与他管理，他也能享受到主人的快乐。

因为时间不骗人

日前与家人去喝喜酒，席间，一道龙虾色拉端上桌，偌大的龙虾头雄伟地矗立在盘中，大家你一瓢我一匙，没几下这道龙虾色拉就清空了，想再尝尝龙虾滋味，就只剩那只龙虾头了。

不过在酒席上，大概没什么人会尝试大战龙虾头：一来它的角有刺，容易伤到手；二来虾壳太硬，吃起来麻烦；三来龙虾头没啥肉，何必大费周章。

正因有这样的想法，所以我始终没多看龙虾头一眼。但不知那天是生意太好，厨房忙不过来，还是师傅手脚不利落，来不及上菜，我们整桌人话也讲完了，果汁也喝光了，连刚才那一口龙虾色拉留在唇齿之间的美味也消失了，下一道菜还是迟迟不来。

我闲来无事，本着好玩的心态，就啃啃龙虾头吧！

龙虾头上的角有很多刺，食用时得特别小心，所以我折断一只长角，从中抽出虾肉，细细一根，放进嘴里，颇有玩乐的趣味。

哪来那么多龙虾肉？

"你让这家餐厅损失一只龙虾头了！"身旁的友人笑着对我说。

"我知道，这龙虾头还可以再用！"

"一只龙虾肉可以做三四桌色拉冷盘，可是龙虾头不够，所以必须调借。"友人解释着，又继续说："说不定你刚才吃的龙虾头已经放过好多次喜宴，连刚刚吃的龙虾色拉也不一定是龙虾。想想看，哪来那么多龙虾肉？"

"真的吗？那么我回家后会不会拉肚子？"我故意夸张地问。

"别问真的假的，别人如果成心要骗你，任何东西都有假的！"这是友人的结论，大概平常我们被骗怕了，现在连到饭店吃酒席都要怀疑菜色是否是真材实料。

"你喝的速溶咖啡有可能是黄豆粉做的；你穿的羽绒服有可能是塑料纤维填充的；你盖的蚕丝被可能没有一根蚕丝；连你喝的矿泉水，都有可能是自来水灌装的。"

友人神色自若地说着一连串的假东西，说得我胆战心惊。

"那有什么是真的？"我问。

"时间呀！时间是真的！"友人认真地回答："每个人都有24小时，没有人多一分或少一秒，公平得很，也绝对假不了！"

这一点，我同意！时间从不骗人，该是几点，就是几点，有多少时间，就是多少时间，唯一的差别在于如何运用。

常有人建议要善用零碎时间，日积月累下来，成果一定可观。但有一天，我从孩子的课表上悟出另一个重点——虽然要善用零碎时间，但是时间必须固定。

哪来那么多时间？

学校在开学时都会公布课表，说明星期一到星期五每天要上的课，而且不会变来变去，这就是时间固定。因此利用零碎时间去进修，也应该将时间固定。

本着这样的原则，我曾建议几位老妈妈，每天晚上利用20分钟的零碎时间读书或背英语单词，但时间必须固定。例如，决定晚上7点至7点20分阅读书籍，则每天同一时间只做这件事，绝对不要轻易改变时间。很多人持之以恒，效果果然不凡，有人7天看完一本书，有人一个月熟记20句英语谚语，有人一个月查完一篇《时代杂志》社论里的单词。她们说："因为时间固定，就像上课一样，所以不会忘记。"果真是有效运用时间，时间不会亏待人。

将时间固定，就容易建立计划，容易执行，容易看见效果。同理，运动不也是如此？

每天或每周的某一段时间，固定去游泳、慢跑、爬山或散步，一段时间下来，体能一定大增。推而广之，亲子关系、家庭关系、夫妻关系甚至个人进修、事业发展等方面，不也都可以如此？

大部分人习惯把工作以外的事安排在星期六、星期日处理，反而忽略了工作日的晚间时刻，造成休假日反而更忙，忙着养花莳草、洗车洗衣、进修上课、读书阅报或者郊外踏青；休假日要做这么多事，当然身心俱疲，无法样样周到。如果将这些事平均分摊在每一天，善用零碎时间，切割时段，或许会发现，一个晚上还真做了不少事。

昨晚回家后，陪小儿丢球20分钟，看女儿功课20分钟，读30页小说30分钟，再看电视新闻30分钟，沐浴后再与妻儿睡前分享聊天30分钟，熄灯、互道晚安时，差不多是11点，这个晚间时段还挺充实的。

时间不像龙虾头，需要借来借去装样子。时间很公平，人人都有份，只要善用时间，时间所给予的回报，果真不会骗人。

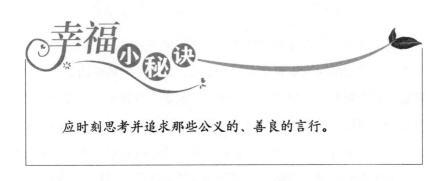

应时刻思考并追求那些公义的、善良的言行。

只为了抢那5秒钟

　　阴冷的冬天，夜幕来得特别早，才下午五点半，天空已经爬满一片黑，凛冽的寒风里裹杂着绵绵细雨，飘到脸上的雨滴让人直打哆嗦。行人低着头，缩着脖子，快步往前走；摩托车族穿着雨衣，抢每一个绿灯，只希望一路畅通，早点到达目的地，少淋些雨；就连躲在车里的开车族，也不自觉在这黑蒙蒙的夜色中，在一道道雨刷刮痕所造成的视觉障碍下，瞬间加速踩下油门，闯过十字路口的黄灯。

等不及5秒钟

　　在这个又冷又湿的尖峰时刻，我正等在车水马龙的十字路口的人行道前，嘈杂的车马声，在交警规律的哨音下，似乎也颇有节奏感，只不过等红灯的一方，任由雨滴打在身上，冻得每个等待的摩托车骑士禁不住蠢蠢欲动，想加油起步。

　　顷刻，交警哨音响起，直行的绿灯尚未亮，横向的黄灯即将转

红灯，刹那间，只听见"砰——"一声巨响，所有人都被吓醒了。在我眼前，一辆摩托车飞起来，戴着安全帽的车主腾空飞起，接连几声物品摔落地面的声音，车主重重摔下，动也不动。原来是一辆汽车抢黄灯，一辆摩托车抢起步，就在彼此都加速的情况下，硬生生撞个正着。

汽车上走下来一位年轻妈妈，带着两个孩子，是赶着送孩子回家或是补习吗？看得出来她跑到摔在地上的摩托车骑士身旁时的心慌意乱。我远远看见那人被扶坐起来，十字路口目睹这一经过的人都松了口气。有人说："是开车的错！她闯红灯！"旁边一位老人家回应："骑车就不要骑太快，人包铁，挡不住铁包人！"

雨下得有些无情，并没有停歇的意思，因这起车祸，十字路口过马路的人、车更慌更乱，警察立刻呼叫救护车前来，年轻妈妈则把孩子带到路边，叫了辆出租车先送孩子走，直到救护车来把伤员载走，乱成一团的马路才渐渐恢复正常。

只为了抢那5秒钟，这起车祸发生了，车毁了，人伤了，要办的事也耽搁了！

多想5秒钟

去年10月，某份报纸的社会版上登载了这样一则新闻：一位父亲骑着摩托车载孩子去公园玩，回程时，3岁的儿子在车前座对父亲说："爸爸，我想吃油条。"父亲随口答应，指着前方不远处说："我们到前面那家烧饼油条店去买。"

到了店门口，伙计正在门前炸油条，将一根根香喷喷刚起锅的油条放在滤油网上沥干。父亲下了车，心想，买根油条花不了几分钟，因此摩托车油门也未关闭，只交代孩子在车上等他，不要乱跑。

孩子的确没有乱跑，但却好玩，见父亲平常骑车时都会转动摩托车把手，现在趁父亲下车不在也玩起摩托车把手，学父亲的样子转动起来。没想到，刹那间车子冲了出去，当场撞翻眼前正在炸油条的油锅，那锅油就这样硬生生淋到孩子身上。现场乱成一团，孩子痛得大哭大叫，父亲赶紧送孩子进医院。急诊室医生表示，孩子全身皮肤70%严重烫伤，只能用另外30%的皮肤来补救这70%受伤的皮肤。

父亲接受记者访问时说："每次换药时，孩子的哭声都让我十分自责，他哭，我也哭。"更无奈的是，孩子的妈妈这半年刚好回大陆，他不知道等妻子返台时，要怎么跟妻子交代。

孩子才3岁，未来还有好长的人生要过，可是全身70%的皮肤烫伤，让这孩子怎么过？这次意外岂不误了他一生？

然而更要问的是，难道这种意外不能提前预防吗？

这位父亲若多花5秒钟想一下，将摩托车熄火，意外就不会发生。然而我们通常就少想了这5秒钟，或者也常以为意外不会发生在自己身上，所以粗心大意，满不在乎，只为了抢这5秒钟，一件遗憾一辈子的事瞬间就发生了！

我们无法知道下一刻会发生什么事，但是我们至少可以按规矩、守程序：黄灯警示，红灯停止，绿灯行，停车熄火，孩子带在身边。这些都不是什么了不起的大道理，只是简单的程序而已！

但，这些简单的程序，我们都做到了吗？或者，还是宁可抢那5秒钟？

幸福小秘诀

人当以训诲和法度为标准；他们所说的，若不与此相符，必不得见晨光。

遇见懒这个人

　　网络普及，每天打开电子邮件，总会有许多心灵成长的小故事，或是强调健康养生、经营管理、投资理财、人生意义等内容的简报。每个人打开电子信箱之后，就好像吃了维生素一样，给心灵进补一番。

　　走进书店也是一样，一本本映入眼帘的书，有的告诉你《有钱人想的和你不一样》，有的说《信心，是一把梯子》，各类书籍教你发财，教你投资，教你洗涤心灵，教你打开心胸，鼓励你养成阅读习惯……期望读者能被书中的内容激励、影响，然后再生信心。

　　其实，现代人好为人师，每个人都可讲出一大套做人处事的道理，所以有人写书，有人写博客（Blog），有人上电视、广播电台发表演说。可见现代人要吸取各方面的心灵养分，实在并不困难，甚至每天都吃一大堆这样的"营养"滋养心灵。

　　但是，为什么营养这么多，不健康的人还不见减少？

　　我虽然不是什么绝顶聪明的人，没有郑板桥的才情，没有诸葛亮的巧智，没有张良的深谋，也缺乏范仲淹的远虑，但是很喜欢交朋友，也常常会遇见奇人。那天在山路上，我就遇见了一位已在世上"生活"了几千年的仙人，他为我解答了心存已久的疑惑。他说他姓懒，所以在此姑且就称他懒先生吧！懒先生说他在世上有几十个孩子，但其中有5个特别会交朋友。他说当今世上的人这么需要补充心灵维生素，就是因为认识了他这5个孩子，而且几乎都交情不浅。

老大叫"懒得问"。喜欢和"懒得问"交朋友的人几乎都是聪明一世的人，他们知道教育很重要，非常注重礼貌，也知道尊重他人，亲子关系更是被他们列为生活首要。可是自从"懒得问"成为他们的好朋友后，他们不知不觉就受"懒得问"的影响，对任何事渐渐都懒得问了。做父母的，对孩子的成绩、交友情况、放学后去哪儿等懒得问。做学生的在学校上课，老师教的知识听不懂怎么办？懒得问。老朋友最近好吗？隔壁邻居家最近有喜事还是丧事？懒得问。他们说："'懒得问'教的，问那么多做啥？多管闲事！"

懒先生的第二个儿子"懒得看"更是不得了。很多人因为认识了他，从此不再进书店买书，不再接触艺术活动，只要翻开书本，一见那一堆密密麻麻的文字，马上就合起来书本扔在一边，实在懒得看。可是这连锁反应可不得了，因为懒得看书，所以搞不清历史文化，念错成语，讲错历史，说错典故，经常"张飞打岳飞，打得满天飞"，或者"卫青战狄青，战得脸铁青"。更常见的是错字连篇，不会写就写拼音，不会拼音就写ABCD，不会英文字母就干脆鬼画符。他们的文章牛头不对马嘴，他们讲话不清不楚，追根究底，原来是因为书看得少，即使有空也懒得看。他们说："'懒得看'说的，看书？多累人呀！睡觉不挺好？"

还有不少人喜欢耍酷，原来是认识了懒先生的第三个儿子"懒得听"。现在他们听得进的声音大概只有流行音乐了，不管是搭地铁还是坐公交车，只见人耳一机，对外界的事物充耳不闻；所以长辈的劝诫，晚辈懒得听；老师的教导，学生懒得听；妻子、儿女的呼唤，男人懒得听。把自己封闭起来，戴上耳机，他们说："有什么好听的？讲来讲去都是那一套！"

不过比起"懒得听"更让人醉生梦死的，则是老四"懒得想"。这可是不得了的大事，因为什么都不去想。不太用脑子思考，不常为别人设想，不曾为将来料想，结果变得人云亦云，别人说好吃就跟着吃，说好玩就跟着玩，完全没有自己的想法，最后只会瞎起哄。

当然，最让现代人陷入"套牢"困境的是认识了"懒得动"。因为"懒得动"始终如影随形地跟在每个人身旁，不时就说：

"走路？太累了！"

"爬楼梯？坐电梯吧！"

"游泳？没时间！"

"慢跑？跑不动！"

"打篮球？太激烈了！"

"打高尔夫？太贵了！"

"去健身房？没钱！"

"饭后散步？没兴致！"

结果，大多数人下班一回家就瘫坐在电视机前，整个人像只软脚的虾子，只有一个原因，就是交了个朋友"懒得动"。

可是，所有的健康励志书籍，不是都说运动很重要吗？

是啊，运动是重要，只是懒得去运动呀！因为"懒得动"经常在我们耳边说这说那，最后干脆就不动啰！

我这才懂，难怪世人这么需要心灵方面的提醒，如果没有这些进补的心灵营养，那世人大概都和"懒家人"交朋友去了！

我边听姓懒的仙人说着，边好奇地问："你光这5个儿子就交游甚广，那么其他几十个孩子加起来，你们懒家岂不是朋友满天下，撑起半边天了吗？"

只见这位懒先生仰天大笑，然后大步离去，边走还边说："是啊，我还有好多儿子——'懒得解释''懒得理他''懒得管''懒得做''懒得整理''懒得吃''懒得洗''懒得擦''懒得一塌糊涂'……哈哈哈哈！"

幸福小秘诀

如果懒惰成为我们的习惯，那么眼前的道路上便像是有用荆棘做成的篱笆，难以翻越；而一个拒绝懒惰的正直人，眼前的道路一定是平坦大道。

有好牌才叫牌

玩过桥牌的人都知道，当发下来的牌拿在手上时，必须靠叫牌来让同组的队友知道自己的吃牌能力，如果彼此默契十足，所叫的牌都能吃到墩数，最后多半能赢得胜利。当然，如果手上是一手烂牌，那么也可顺水推舟，让对方叫牌，然后想办法让对方吃不到足够的墩数，一样可赢。

然而，难就难在如果自己手上的牌不好不坏，没有十足把握，或者和同组的队友牌型不合，一个强一个弱，结果没能抢到足够的墩数，甚至随便叫牌，以致误会彼此，这时就有可能输掉牌局。

生活很多时候跟打桥牌很相似。顺遂时，就像手中握有十足的好牌，怎么打都赢，行云流水，顺利得很。但是难保没有拿到烂牌之时，就如生活中的低潮，考试考不过，婚姻不协调，亲子关系不好，工作不顺利，业绩起不来，或是遇到个严厉的主管，碰到个可恶的司机，钱包被人扒了……怎么办？这时可就要谨慎叫牌，别让自己陷入困境。

有一回，好友林桑在一个聚会上跟大家讲了自己的一次亲身经

历。那天他去市场买菜，骑了辆自行车，缓缓在画有自行车标志的红砖道上前进。平常这红砖道上没什么行人，可以很自在地骑乘，但是那天他远远就看到一对年轻夫妻，牵着一个幼儿迎面走来。那位年轻妈妈是个金发碧眼的外国人，他不自觉多看了一眼，然后再看看这先生也不太像华人，他觉得很有趣，便放慢骑车速度，准备从这位先生旁边骑过去。

然而就在擦身而过的刹那，这位先生突然伸手推了一把林桑，他瞬间撞向一旁的行道树，他吓得大叫起来："你为什么推我？"

对方也毫不客气地说："你叫什么？"

林桑说他火气立刻上蹿，很想上前理论，但看看一篮子的菜并没有被撞翻，而他又赶着回家做饭，只好摇摇头，无奈地看看对方，不与他一般见识便走了。谁知对方却还在后面叫嚣："有种你别跑呀！"

那天林桑像是没事人似的说着这件事，周围的人开始不乐意了：

"要是我就叫警察！"

"为何不讨个公道？是他推你呀，多危险啊！"

"他老婆在旁边看，你可以和她说理呀！"

大家纷纷表达自己的意见，但林桑说："我觉得那天我拿的不是一手好牌，所以顺势打个守势的牌，没有硬碰硬采取攻势，忍一忍，结果也还好，没出什么大错。"

是呀，我突然发现，林桑真是桥牌高手呀！既然拿的不是好牌，何苦强行想要硬吃牌呢？

大伙儿听他这么说，不禁顺着林桑的思维逻辑进行推论。有人说："如果你上前理论了，搞不好对方一拳挥过来，你瞬间鼻血乱喷，眼冒金星，或者肚子挨上几拳，走时他再赏你两脚。"

另一人说："然后你可能被路人发现，送到医院，结果肋骨断了两根，还有轻微脑震荡，要休息两个星期不能上班。这时你孩子没人照顾，老婆一肩扛起家务，忙得分身乏术。"

"如果真是这样，大家聚会可能就是来医院看我啰！"林桑笑着说。

"不仅如此，你可能已经被老板'fire'（开除）了，拼命找我们借钱呢！"有人接腔。

这时突然有人问了一句刚才没想到的问题："你说当天拿的不是一手好牌，那么，什么情况才是一手好牌呢？"

"因为红砖道上行人优先呀！虽然是他主动推我，可是我骑车在红砖道上，理当礼让行人。我后来想想，当天我应该先下车，等他们从我身旁走过之后，我再往前骑，这样就不会有冲突发生了。对方之所以会推我，多半也是因为怕我会撞上他吧！而且他还牵着孩子，可能也怕我冒失地撞上他的孩子。如果警察真的来了，我可能也理亏，讨不到好处。所以我说自己拿的不是好牌。"

林桑真是位虚心检讨自己的老大哥，他的一番好牌理论，说得我们个个恍然大悟——原来生活中的好牌，不是从自己的角度出发，而是以旁人的眼光来看！如果林桑那天是规规矩矩骑在马路上，遭到推挤或碰撞，对方当然要负责任；可是骑在红砖道上，即使是自行车道，就不一定有理了。被推一下，就当是自己犯错在先不去计较吧！

的确，谁不想在生活中拿到又大又多的王牌，可以顺势赢得胜

利，但这毕竟不是天天都有的好事。如果牌不好就保守一点，忍耐一下，摇摇头，笑一笑，别让这把牌伤自己太深，快一点走出低潮，相信好牌总会到手，那时再好好叫牌。

　　遇事要先考虑后果，不要骄傲误事。要谦卑忍耐，事缓则圆。

品格成全

自以为是，
难免眼光短浅，
判断轻率。
自以为是，
连上天想帮忙
都会遭到拒绝。

没有红绿灯的马路

　　若不是开会，那么我大概很难会想到去澳门；若不是因为两三年前，葡式蛋挞在台湾大受欢迎，那么对于澳门的认识，我大概也仅是认为其是香港旁边的一个小城市吧！

　　然而，当我走在没有红绿灯的澳门街道上时，才真正开始对澳门有了一些认识。我也才发现原来世界上没有红绿灯并不是一件稀奇的事。

　　就因为没有红绿灯，我每天过马路，就像冒着生命危险一般，闯进车阵的蛮横无理中！这让我深深反省自己的生命，若没有红绿灯，一样可能走入败坏与盲从的深渊。

　　一条街道若没有红绿灯，过马路时就得各凭本事。是人让车，还是车让人？若行人坚持不让车，则必须冒着被撞的可能；若车子坚持不让行人，则远远地闪灯示警、加快速度，摆明就是告诉行人，小心被撞。

　　没有红绿灯，过马路就如同求生存的大事一般，没有本事就别想活；若形单势孤、身小体弱，难免沦为牺牲的对象。

没有红绿灯的生命，除了挣扎、乱闯、盲从，看不到未来。

安德鲁老店

为了让一起去澳门开会的同事们在辛苦地摆书摊、介绍书籍、每天睡不到6小时的情况下来一点调剂，我决定用午休时间去找那家葡式蛋挞的创始店。

当我辗转乘车、找路、问人，终于满心欢喜地看到那间小店，也兴奋地买了一打蛋挞之后，我突然发现，原来这家葡式蛋挞店之所以成功，就是因为它的事业有"红绿灯"，否则为什么多年前在台湾轰动一时，如雨后春笋般开设的葡式蛋挞店，现在却如过眼云烟，一点也让人提不起兴致？而这间位于澳门路环地区、路上见不到几个行人的小乡村里，店面小得容不下三四个人，生意却依然兴隆，人流不断。

我想是因为"专心"的态度吧！"专心"是他们的"红绿灯"，不因店小就换地方，不因生意好就无限扩张，不因名气大就开始偷工减料，不因品牌响亮就恶意涨价。这不正是这家老店至今还为人津津乐道的原因？

做生意需要"红绿灯"，正如同过马路需要红绿灯；而管理国家需要"红绿灯"，则因为国家大事需要方向和秩序。

是不是我们每个人的心里都有"红绿灯"？或者我们的生命中，其实早就有了"红绿灯"，只是我们不在乎？

尝一口葡式蛋挞，我提醒自己，别把自己的"红绿灯"给熄灭了！

眼睛就像身体的光。眼光若正确，内心就光明；眼睛若昏花，内心就昏聩。

自以为是

这世间多得是各种人人都知晓的道理，但有的人成功，有的人却失败，差别就在于自以为是的心态。

自以为是，所以人会骄傲。

自以为是，所以听不进忠言。

自以为是，难免眼光短浅，判断轻率。

自以为是，连上天想帮忙都会遭到拒绝。

奈何一个"万"字

古时候有一位大地主，田产甚多。他非常勤劳，辛勤耕耘，财产越积越多，但因为自小跟着父亲务农，没读什么书，大字不识一个，所以深觉读书重要。为了让孩子能成为读书人，大地主花大钱请来一位老师，大家都说这位老师学富五车，能请到他来教书，孩子必定学得甚好。

果然，老师治学甚严，上课第一天就从数字开始教起。老师对地主的孩子说："横笔写一画，就是'一'字；横笔写两画，就是'二'字；横笔要是写三画，那就是'三'字。"

"哦！我懂了。"孩子颇有"慧根"。

当天晚上，父亲问孩子："学得如何？"

孩子回答说："我都学会了，爸爸。您可以辞去这位老师，我已经全都懂了！"

父亲一听，非常高兴，没想到自己的孩子这么聪明，才上学一天就都学会了，心想老师还真是会教呀！于是，第二天便辞退了这位老师。

有一天，这位地主准备请一位姓万的老朋友吃饭，心想正好儿子会写字了，由他来写一封请帖，那么对方收到请帖时一定非常惊讶且高兴。

儿子听了父亲的话便照办，一大早就开始帮爸爸写请帖，父亲也放心地去田里耕种。

直到黄昏时分，父亲回来，准备叫人将请帖送至万家，儿子却回答："还没写完。"

"怎么一封请帖写了一天还没写好？很难吗？"父亲问。

"当然难呀！"儿子皱着眉头说："谁叫他姓'万'呢？我从早上写到现在，也才写到五百画呀！"

儿子的自以为是，错过了一位好老师，也辜负了父亲的一片栽培之心。

让磐石出水的摩西

历史上，有一位以色列人的伟大领袖摩西，他一言九鼎，是以色列人众望所归的英雄，有他在，没有搞不定的事。

果然，有一回，上百万人没水喝了，百姓们来到摩西面前抱怨。这对摩西而言可是天大的难事，不过他知道上帝会帮助他的，所以他立刻向上帝祷告。上帝告诉他："你用手中的杖击打磐石，磐石就会涌出水来。"

摩西立刻照做，来到磐石前，举起手中的杖，用力击打磐石，果然就涌出水来，而且滔滔不绝，解了以色列人的渴，百姓终于不再抱怨。

不过，同样的事在一段时日之后又再次发生，百姓们又没水喝了，再次来到摩西面前抱怨。

有了前一次的经验，摩西同样向上帝祷告，不过这一回上帝告诉他："你到磐石前面，吩咐磐石出水就可以了！"

然而，摩西不知是没听懂，还是前次的经验太深刻，他来到磐石前，举起杖就用力击打，磐石果然再次出水，又解了百姓的渴。不过这一回，上帝勃然大怒，因为摩西没有"吩咐"磐石，而是"击打"磐石，结果没有让上帝的神迹按原意行出来。

摩西这一回的自以为是，使他不能与以色列百姓一同进入迦南美地，一同享有荣耀，多么令人惋惜！

自以为是，常常是我们的盲点，总以为自己所思所想才是对的，最后弄巧成拙。可见，温柔谦卑、顺服受教是多么重要的品格！

幸福小秘诀

败坏之象必定源于骄傲的心思；赢得尊荣之前，必有谦卑为怀的态度。

因为合作，所以胜利

　　有一阵子我迷上了美国电视真人秀节目 *The Apprentice*，台湾译为《谁是接班人》（大陆译为《飞黄腾达》或《学徒》）。从第一季到第五季，我把在台湾能找到的片子都看了一遍。为什么突然喜欢上这部系列节目，原因在于它太贴近我们的生活，从节目中仿佛可以见到镜中的自己，每看完一集，我总是唏嘘不已。

　　主考官特朗普先生，在拍这档节目之前只是个美国大亨，靠地产起家的有钱人，但《谁是接班人》轰动全美之后，他已是全美家喻户晓的人物。每一季节目开始，他从全美自认为是人中龙凤的数万名报名者中，选出16至18人，分成两队，每周由特朗普先生提出一个商业营运的比赛题目，让两队去想点子，争取胜利。

　　从最普通的卖矿泉水，卖最多的一队获胜，到困难的在赌城办一场慈善义演音乐会，看谁募到的款项多、赞助厂商是否满意筹办经过等，这些全都成为评审的标准。赢的一队可以得到奖励，输的那一队就要找出"罪魁祸首"，然后将他开除。原先的18人，经过一次次比赛、淘汰，最后剩下的那一个人，得以成为特朗普先生的接班人，管理他旗下的一项事业，年薪30万美元，外加汽车、洋房。

观看节目时，我总会联想，要是我在其中与队友一起去完成一项任务，我会是大家有力的助手还是让大家落败的因素？而每一次任务都有一人会担任财务经理，由他发号施令、调兵遣将，因此这当中又牵涉领导技巧、行事作风、人际关系处理、决策执行等，真是活生生的一门企业管理课程。我看得兴致盎然，同时也对自己多有提醒。

有一集，特朗普先生要两队为一家冰激凌公司做宣传，需要设计一个广告人物来吸引消费者。结果女队设计了一个卡通人物，而男队则设计了一个年轻貌美、和蔼可亲的女仆形象。两队分别向公司高层做简报，最后男队获胜。

女队输在所设计的卡通人物不够吸引人，而且忘记将冰激凌公司的名称明显体现出来，无法令人将卡通人物与该冰激凌联想在一起。至于男队，则是有位大帅哥先以男扮女装的扮相出现，然后诚意十足地介绍女仆与冰激凌的关系，这一令人玩味的噱头，果然吸引了冰激凌公司高层的注意力，最后赢得胜利。

在男队赢得奖励——与美国职棒联盟明星一起打棒球之际，女队则进入会议室接受特朗普先生的询问，找出失败的原因。

女队一致认为是其中一位印度女生丽德的错，因为她毫无建树，而且请她穿上卡通服装、扮演卡通人物时，她完全不配合，怎么也不愿意扮演那个角色；当他人穿上那身卡通衣服时，她竟一脸鄙视的表情，还庆幸自己没被当成小丑。就因为这样，在会议室里，她成了众矢之的。

"你为什么不肯穿呢？我年轻时也扮演过小鸡呢！"特朗普先

生问。

"我不想让家人蒙羞！"丽德回答。

"没人知道那是你呀？……而且这是比赛，跟家人蒙羞没有关系！"

大家互相指责，她越辩越大声，显然不认输、不认错却又解释不清，最后特朗普先生对她说了句："丽德，你被开除了。"

我发现这是一次最容易做出决定的开除行动，虽然该队落败原因与谁穿卡通衣服并没有直接关系，但是却与该团队是否融洽、合作、团结，有着相当大的关系。

丽德不仅自己不参与、不积极，而且不愿合作，结果受到责难，也遭淘汰，这似乎在所难免，但其实输的不是她一人，因为不合作的心态已在团队中萌芽，终将让整个团队分工失去平衡，最终没有人会是赢家。

看这档节目，我兀自反省："我是否愿意多吃点亏、多受点苦，来换得整个团队的和谐、合作以及运作顺畅？"

我以《谁是接班人》中每一次胜利的画面来鼓励自己：他们之所以能胜利，只因他们彼此之间十分合作。

幸福小秘诀

　　自作聪明的人，常常难有肚量。唯有学习与人同心合作，才能广纳善言，成就不凡的事业。

有人喜欢猛摇头

　　有一种人喜欢摇头，不管你说什么，他总是一味摇头。比如3岁小娃儿，问他要不要喝奶，他说不要；冬天脚冷，踩在地板上很冰凉，问他要不要穿袜子，他也说不要。不论你问他什么，他都摇头。

　　有一种人喜欢猛摇头，不管你说什么，他可能还没听你说清楚，就先摇头。既然没听清楚，为什么会先摇头呢？当然是因为他自认为早已知道你要说什么，所以才会在你话还没说完时就摇头。

　　有一种人喜欢在开会时猛摇头，不论你用书面报告，或是用计算机做幻灯片，他在一旁坐着听你的简报，边听边摇头，越摇还越用力。这时的你，信心一定开始动摇，说话声音越来越小，因为你看到他不断摇头，越摇越快。

　　有一种人喜欢在听别人演讲时摇头，台上的演讲者说了笑话，他在台下边笑边摇头；台上的演讲者讲了个沉重的故事，他在台下边叹气边摇头；更有甚者，若是台上的演讲者讲了什么令他不以为然的话题，他的头摇得更厉害了。有风度者，可能还边摇头边听下去；没风度者，干脆起身调头就走，而且远远地还可看到他的背影边走边摇着头，嘴里似乎还念念有词。

本来我要摇头

有一天晚上，不巧我也遇到一件令我摇头的事，那事有点棘手，所以只能摇头。那时大约深夜12点多钟，家人都已就寝，只有我这只"夜猫子"还在依恋电视，不肯缩进被窝。突然之间，肚子一阵咕咕叫，接着像是有一根细麻绳使劲儿地用力从下腹部往上紧抽，顿时痛得我倒抽一口凉气。在这冬夜里，手脚已经冰冷了，如果连呼出的气都夹杂着寒意，可知当时有多少冷汗争相冒出了。

我急忙抱着肚子，在全家人的打呼声中，冲进洗手间霸占马桶，还好这时没人跟我抢，肚子拉警报的情况得以立时纾解。

然而，在我大呼一口气，自在舒缓之际，感觉老是听到一阵阵细微的流水声，似近似远，又不像是水箱漏水，这声音到底从何而来？尤其在这夜深充满寒意之际，还真有点诡异。

不行，结束"大号"之后，我决定循线追查，若真是漏水，至少我得先把水阀门关上才是。

我打开水箱检查，发现一点儿端倪，水箱中的水只剩下一半，应该是漏了！再循线往下追，终于被我发现了，原来是进水的那根塑料管子连接处中间的橡胶圈老化没了弹性，产生细缝，使得水箱中的水"滴滴答答"地流。天哪！真不知漏了多少水，增加了多少冤枉水费！

我赶紧把水阀门关上，先停止进水再说。此时正好老爸起床如

厕，我把大致情况说给他听。

"明天要找水电工来修，还不知道人家愿不愿意来呢！"

没想到老爸的第一个反应竟是如此。他说得也对，现在水电行老板还不太愿意赚这种小钱呢！

难道要自己修？我直觉反应就是摇头，这很麻烦吧，而且怎么修？从来没人教过我呀！不过，眼前老爸正皱着眉看我，我只好鼓起勇气说：

"那我自己修吧！等星期天有空时。"

学习点头

第二天，老妈说："等到星期天呀，太久啦！"

"好吧！今天晚上下班后我去找找看哪里有卖这个零件的。"

本来我要摇头的事，现在只能点头了。下班回家，到家附近几处水电行都买不到零件，没想到问到五金行时，居然有卖！我实在太爱五金行了，那里真像个藏宝库，什么稀奇古怪的东西都有。

220元的进水器，我兴奋地带回家，然后开始研究，怎么将旧的拆下来，再依序装上新的，拧紧螺丝，打开进水阀门。哇，成功了！就这样，10分钟不到就把它给修好、搞定！真是太佩服自己了！小小的得意涌上我心头。

出了厕所门，我对老爸开玩笑：

"老板，我给你修好了，收你800块就好，算便宜你啦！"

这只是生活中的一件小事，却给我很多提醒：我们平常实在太习惯摇头了，所以动不动就摇头，完全忘了其实点头比摇头更重要。

　　摇头，通常是否定别人，习惯摇头之后，也会否定自己；但是点头就不同了，常常点头，不仅肯定他人，也会肯定自己，那可是最佳鼓励哦！

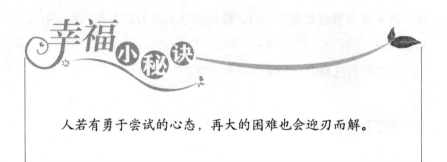

　　　　人若有勇于尝试的心态，再大的困难也会迎刃而解。

麦克白的贪心

　　莎士比亚的剧本很多人都耳熟能详，电影、电视、舞台剧也一再重演，尤其他晚期所写的"四大悲剧"，更是常常被拿出来讨论，其中《麦克白》一剧给我的提醒甚多。

　　麦克白，一个保家卫国的大将军，是不是好人？当然是好人。但是，后来他为什么成了遭人讨伐的暴君？只能说，是贪心害了他。

　　贪心常常让人得寸进尺。有了一，还想要二；有了二，更想要三，就这样一直要下去，贪得无厌，结果难以自拔，一步错步步错。

　　麦克白和班戈二人打了胜仗，班师回朝途中遇到三位女巫。这三位女巫预言，他们之中将来有一人可以当上国王。女巫说的话能信吗？是真还是假？班戈对女巫的话持怀疑的态度，但是麦克白却听进去了，甚至还希望女巫别走得那么快，讲清楚一点。

　　麦克白虽然心里有那么点期待，但是不太敢确定，回家后告诉夫人，被大大鼓励了一番，说他天生就有帝王相。果然，机会来了，国王邓肯为了嘉奖麦克白，决定亲访麦克白的住处。麦克白夫人对麦克白说："这真是天大的好机会，你把国王杀了，不正好自己当王吗？"

是呀！这不正是女巫所预言的？一个人有了贪念，再加上旁边有人敲边鼓，这时就算是小贪念，也会导致万劫不复的悲剧。伊甸园里的夏娃，不就是被蛇鼓动吃了不该吃的果子吗？

麦克白被夫人一鼓动，起了歹念，就趁机杀了国王。但只杀国王一人还不够，相关人等都得杀掉，免得后患无穷。因此，麦克白接着追杀国王的儿子、女婿；又怕班戈起来和他抢王位，便也把班戈一家给杀了。国王跟前的将军迈克特护着王子逃到国外，麦克白干脆将他的夫人、孩子也杀了！真的是从一开始就杀、杀、杀，毫不手软，还要斩草除根。

麦克白有没有良心？当然有。但是他知道，自己已经没有回头路可走了。他说："我已经两足深陷于血泊之中，要是不再涉血前进，那么回头的路也是同样令人厌倦的。"

好在莎士比亚为这个国家留了一线希望：迈克特将军和王子被挪威王子救了，在丹麦休养生息，整军经武，准备讨伐暴君，回国推翻麦克白。麦克白得知之后，说："我的生命已日渐枯萎，像一片凋谢的黄叶。凡是老年人应享有的尊荣、敬爱、服从和一大群朋友，我是没有希望再得到了；代替这一切的，只有低声而深刻的诅咒，口头上的恭维和一些违心的假话。"

麦克白心里清楚，这样的晚年、这样的结果是多么不堪，但是他只能继续往下走，告诉自己"擎起雄壮的盾牌，尽最后的力量"。

结果麦克白当然是战死沙场。不过莎士比亚很清楚人性，像麦

克白这样的人，死前不可能不醒悟，而这醒悟正是后悔当年误信了女巫的话，误听了夫人的鼓动。他说："愿这些欺人的魔鬼再也不要被人相信，他们用模棱两可的话愚弄我们，虽然句句应验，却和我们原来的期望完全相反。"

麦克白终于认清事实，但为时已晚，生命已经随着贪念一块儿消失。

贪心，这个与生俱来的原罪，大概是每个人都无法脱去的外衣，稍不小心就会为之所困。蛋糕要吃大块的，苹果要挑大个的，这都是人之常情，但也有贪念在作祟。

曾听老同学大鲁讲过一个笑话：

"有人送了两箱橙子到我们办公室，结果大家还没来得及多吃两个，竟然有人就装满了两塑料袋带回家，那个空盒子还放在那儿等别人去丢。"

他摇摇头问："这是不是贪心作祟呀？"

想想莎士比亚写的故事，再想想麦克白的一生，我不禁打了个冷战：贪心，可真是不好对付呀！

其实我们心里都知道，凡淫乱的、污秽的、有贪念的事情，终究得不到福报。

乐活，也要有心

　　常常有一些和健康有关的文章在网络上传来传去，告诉大家哪些是好的食物，哪些是不好的食物，什么该吃或什么不该吃。其实这些内容大家都知道，可是要真正做到确实还挺难。

　　比如大家都知道快餐店卖的汉堡、薯条吃多了对身体不好，因为营养不均衡。但是要嘉奖孩子表现不错时，却又不自觉领着一家老小走进快餐店。

　　比如油条这种高油脂的食物实在不宜多吃，但是周末休息时间，去早餐店时不自觉又会买几套包着油条的烧饼、饭团回家。

　　最近医院也常说反式脂肪是氢化的植物油，吃多了对心脏不好。可是放眼周遭，几乎好吃的佐料或香气四溢的油炸食品都含有反式脂肪的成分。

　　女儿早餐爱吃大蒜面包，我拿起冰箱里的那瓶大蒜酱仔细瞧瞧，果然又有反式脂肪。

　　老爸老妈喝咖啡喜欢加奶精，我直愣愣地说：

　　"这奶精喝多了不好，加奶粉比较健康。"

老妈却无奈地说："可是加奶粉进去，咖啡味都变了，不好喝呀！"

的确，不仅他们有这不好吃、不好喝的感觉，我自己也有。

"为什么好吃的食物都不营养，而营养的食物却都不好吃？"这是每次我走进快餐店前总会良心不安地问自己的一句话；而现在连夜市里的铁板烧，炒一道洋葱牛柳都用氢化奶油，真不知道还有什么东西可以吃！

看着女儿早晨拿起吐司面包，裹上厚厚一层大蒜酱放进烤箱，我实在不知该鼓励还是该阻止。毕竟她肯花时间吃完早餐再赶去上学，已算是很听话了，怎么忍心剥夺她心爱的大蒜面包？

面对这样的矛盾、挣扎与困扰，终于一本由医务人员编写的食谱《乐活煮意》为我解了围。这本食谱强调的一点就是杜绝反式脂肪，所有的菜色都强调高纤维、素食、五谷杂粮，其中尤令我顿时血压升高、兴奋异常的一道食谱，竟是我矛盾、挣扎与困扰多时的大蒜酱。

原来大蒜酱也可以用素食来做！

星期日下午，我到烘焙材料店买相关食材，回家后立刻霸占厨房，因为这个下午我要做大—蒜—酱！

先将半杯腰果加一杯水，在果汁机里打碎，再加入半杯黄色玉米粉、四瓣大蒜、一茶匙洋葱粉及一茶匙盐，然后再次打碎搅拌，打成浓稠的汁液后，再倒进锅中，用小火煮至黏稠状即可。食谱虽这样写，但我知道一边加热还必须一边搅匀，否则会煳掉。

几分钟后，黄澄澄的大蒜酱大功告成，将火关掉，再洒进一些绿色碎末状的莳萝草，最后加了一瓢橄榄油搅拌，我的初学之作正式端上台面。

我发现，原来好吃的食物也可以很营养。只不过女儿嫌大蒜味还不够，看来下回得再多放几瓣大蒜。

虽然只是一道简单的大蒜酱，却让我更加注意生活中的细节。比如，都说要节省能源，可是我们在生活中不自觉便浪费许多电：忘了随手关灯，闲置的电器插头未拔，空调温度开得太低，甚至让计算机长时间开启，即使一两个小时不用，也不去关闭电源，因为嫌开机费时费事。

我发现这都是我们习以为常的事，总以为用不了几度电，却不知，其实全球气候变暖的问题，我们都有责任。

如果大蒜酱都可以自己做，好吃、营养又经济，那么省电这件事，当是更加轻而易举。

前几天，在超市发现省电灯泡终于有了5瓦的小灯泡，我兴奋地买回家，将家中几处灯泡一一换下，让用电量降下来。

如果我们每个人都吃得营养、过得充实，尽一份自己的义务，相信这个地球上的资源会再多回馈一点给我们。毕竟，要"乐活"，也必须要有心呀！

有智慧的人懂得积存财物，量入为出，以备不时之需；而愚昧的人只会随得随花，不做计划。

人为什么活着？

前几年的一部纪录片《水蜜桃阿嬷》，让我对生命的意义有很深的省思。水蜜桃阿嬷的儿子、媳妇、女婿相继自杀，阿嬷靠种水蜜桃来养活7个孙儿。

我忍不住问："生命的意义是什么？为什么有人在生命的道路上被卡住时，会选择自杀来解决问题？"旁观者很难理解当事人的心境；当事人在被救回来之后则可能告诉你："不知道活下去的目的是什么！"

的确，如果活着没有目的，当然会想以死来一了百了。这牵涉一个基本的生命问题，就是生命本身的意义。当找不到生命的意义时，人很自然会去求死！

活着只为搬石头？

第二次世界大战中，德国有一个关战俘的监狱，但是战俘太多，监狱中可做的事又太少，为了防止叛变，总要找些事给这些战俘做。

因此，德军想出一个办法，他们运来许多大石头，放满半个操场，然后把战俘放出来，要他们做一件事，就是把操场右半边的石头搬到左半边，从清晨搬到日落，搬完就可以回房休息。

第二天清晨，德军又把战俘放出来，要他们继续做这件事，只不过这次是把昨天搬到操场左半边的石头搬回右半边，一样是从清晨到日落，搬完之后回房休息。

战俘把石头从操场的右边搬到左边，再从左边搬到右边，同样的工作持续了一个星期，终于有人受不了了，因为不知道这样搬石头究竟有何意义，难道生命就是这样一直把石头搬过来、搬过去吗？

于是，有人冲到持枪的士兵面前，跪着求他："请你给我一枪吧！"他们的想法很正常，与其这样搬下去，不如现在就死！这样的举动，正是因为觉得生命没有意义，找不到活下去的积极理由呀！

多病的身体令人意志消沉

有些人因为身体不好或疾病缠身，整个人意志消沉，当熬不过疾病的痛苦时，负面思想便会涌现："这样活着有什么意思？"

今年年初，一位好友的妻子在两个月内做了三次手术，而且不是普通的小手术，是开肠破肚的大手术。三个大手术不仅使她的身体元气大伤，连求生意志都有点动摇，她说："如果身体一直这么病下去，余生还要伴着这些病痛，那活着还有什么意思？"还好手术很成功，身体恢复得也不错，现在整个人也乐观起来。可见，当生命找不到意义时，人很容易产生负面思想。反之同理，当生命找到意义时，再羸弱不堪的身躯也会充满热力，散发炙热的光芒。多年前，我曾访问一位画家，他这个例子比较典型。

乖乖小孩误入歧途

他是个口足画家，之所以采访他，是因为他在台北中山纪念馆开画展，而他的故事常人无法想象。他原本是一个四肢健全的大男生，从小喜欢画画，也得过不少奖，爸爸、妈妈喜欢唱歌，家庭成员都有艺术细胞。但是升入初中后，由于个头比别人矮小，常被学长欺负，有时被抢便当，有时被勒索金钱，拿不出钱时，就被抓去暗巷痛打一顿。在这样的校园暴力之下，渐渐地他的暴戾之气也被引发出来。初中二年级时，他心想："以前学长可以欺负我，现在我当了学长，为什么不能欺负人？"所以他也依样画葫芦，找小学弟的麻烦，而且胆子越来越大，凶狠的模样也越来越恐怖。读高中时，他甚至混进黑社会，拉帮结派，看别人不顺眼就打群架，最严重的一次是把仇家的臀部捅了一刀，在家长道歉、赔偿之下才大事化小，学校勉强让他留校察看。

谁知他后来继续混迹于黑社会。19岁那年取得驾照，汽车开到高速公路一个出口路段遇到警察临检，几位同车的年轻人大肆叫嚣："冲过去，警察抓不到我们啦！"嚣张的行径让他们失去理智，结果方向盘没握稳，车子突然偏离车道，撞上出口护栏，车身也不断翻转……后来他说："当车子落地时，我清楚听到'咔嗒'两声，就不省人事了，醒来后已经躺在医院，医生在诊断书上写着'颈椎二、三节断裂'，意味着我脖子以下全身瘫痪，终生再也不能行走！"

爱与关怀改变生命

那时的他万念俱灰，连自杀都做不到，他恨死了这副身躯。但是，奇妙的事发生了，有许多辅导老师来看他，也有教会的牧师、辅导员来关心他，这些关爱激起了他感恩的心。护士建议他谢谢这些来关心他的人，他便鼓起勇气，用嘴咬着画笔，画出一张张致谢卡。所有收到卡片的人都十分惊讶，纷纷鼓励、支持他。就这样，原本想死的念头不再有，原本心灰意冷的他意志再度昂扬，他发现自己还是有用的，就不再自暴自弃，开始专心努力学画。10年后，他成为一名口足画家，许多国家都指名要用他的画来做卡片呢！

想想看，当一个人找到生命的意义时，即使是一个瘫痪的身躯也一样有价值呀！更何况四肢健全的我们？！

我们不是德军的战俘，无须漫无目的地搬石头，但唯有知道生命的意义，才能真正展现生命的光彩。

幸福小秘诀

受得住苦难与诱惑的人是有福的，因为在此过程中，他已熬炼出高贵的品格，为自己的生命戴上了冠冕。

展现生命力

　　"写生"是艺术家惯用的一种方法。画家用画笔写生，文学家用文字写生，摄影家用相机写生，演讲家则用演说词写生。

　　我不善画画，所以不曾用画笔写生；倒是喜欢写写文章、拍拍照，或是在课堂上分享旅游记趣，不敢说那就是"写生"，但也姑且算是与"写生"擦边吧！

　　所以，那些擅用文字写生的文学家、诗人，我真是打心眼里佩服，能够借由文字将景色描绘于读者眼前，令人感觉身临其境，那真是件不容易的事。像欧阳修在《秋声赋》中所描绘的秋声："初淅沥以萧飒，忽奔腾而澎湃，如波涛夜惊，风雨骤至。其触于物也，鏦鏦铮铮，金铁皆鸣；又如赴敌之兵，衔枚疾走，不闻号令，但闻人马之行声。"

　　秋天的声音在欧阳修笔下，似波涛海浪，如千军万马。

　　相较于欧阳修，我更喜欢白居易的"文字写生"。他的《庐山草堂记》硬是将庐山的景致给写活了，尤其是他建在庐山中的草堂：

……前有平地，轮广十丈；中有平台，半平地；台南有方池，倍平台。环池多山竹、野卉；池中生白莲、白鱼。又南抵石涧。夹涧有古松、老杉，大仅十人围，高不知几百尺，修柯戛云，低枝拂潭，如幢竖，如盖张，如龙蛇走。……

　　我想，读了白居易这段文字之后，大概每个人都想去庐山参观他的草堂吧！

　　不仅写庐山，他也写西湖：

　　　孤山寺北贾亭西，水面初平云脚底。
　　　几处早莺争暖树，谁家新燕啄春泥。
　　　乱花渐欲迷人眼，浅草才能没马蹄。
　　　最爱湖东行不足，绿杨阴里白沙堤。

　　这首诗，不仅写景，也写环境，甚至还暗示这早春的西湖景色很快就会姹紫嫣红。

　　能将景物的生命力写到这般境界，我怎能不赞叹几声呢？

生命力满出来的作品

　　我常想，像白居易这样高明的诗人，能如此游刃有余地用文字写生，要是他活在现世请他写一首诗，要付给他的稿费想必是天价吧！

2006年，电视新闻报道画家周昌新的画作《中华魂》真的卖了天价——人民币1 166万元！我着实惊讶了半晌！什么样的作品能这样被激赏？

几经辗转，周昌新应邀来台，正式与宝岛同胞认识，不过，他不是来玩的，而是来画画的。更令人惊讶的是，短短两个月的时间，他一口气走了一万多公里，遍及台湾各个角落，然后挥笔疾画，完成了120多幅大作，每一幅画都铿锵有力，景色峥嵘。

"工作人员带我去看几处他们认为美的景点，但我却没有画，令他们很纳闷。其实这是我作画的习惯，感觉太像的、太雷同的，我不画。"

周昌新解释说："大陆我几乎都跑遍了；行经台湾，有些景色在我脑海里，与大陆的某些景很像，所以我没有感动。反而是那些显现出生命力的景物特别感动我。"

他举例说，在垦丁海边，看到沿着海岸生长的林投树，歪来扭去地交错生长。这些树之所以长成这样，是因为台风吹断了枝干，但台风过后，又从断裂处再冒出新芽，吹弯的树干又长出笔直的树枝。下一回，台风再来、再吹断，之后，再长。

"这林投树的生命力真强呀！它深深地打动了我。"他说。

巧的是，画这幅画时正好遇上台风，周昌新之前曾两次经过这些林投树林，强烈的感动促使他非画下来不可，因此同行的四个助理帮他搭篷遮雨，让他面对惊涛骇浪，完成了画作。

两个月的时间，周昌新在台湾经历了三次台风、两次地震，还见识了台风天中公路上的飞沙走石以及河水冲刷带来的泥石流。他说："真的吓坏了，在北京没经历过这些。"

作品完成了，呈现在众人眼前的一幅幅画作，果然令人叹为观止。他的重彩油画，重新诠释了众人眼中的台湾岛。他表示，自幼宝岛台湾就令他魂牵梦萦，这一回环岛之旅给了他相当深刻的体悟。"台湾是一片漂浮在汪洋大海中的孤叶，这岛屿距离赤道很近，气候变化巨大，我从炎热的酷暑走到了初秋的黄昏，从淡水的宜人暮色走到了阿里山壮阔的云海。"周昌新感性地娓娓道来，也果然幻化出《富里农田》《杉林溪》《阿里山日出》《芦洲奏鸣曲》等力作。

周昌新的画作充分显示了他的创作天分与老到，很难想象他创作这些作品时才34岁，比当年白居易45岁写《庐山草堂记》时还要年轻；他的天价画作《中华魂》，据他说是在6小时内一气呵成的。我想这就是生命力吧！有生命力的作品，不论是诗，是画，还是文字作品，定能给人带来感动！

曾经拥有的荣耀、曾经经历的苦难都已成过去。忘记过去，努力向前，生命才会越来越成熟。

瘦　了

最近很多人见到我，都说我瘦了！

我也觉得奇怪，自己怎么会瘦呢？结婚之后，体重就呈现缓步向上的曲线，不过还算维持在可接受的范围，大概最多重7公斤，脸颊稍微圆一点，肚皮稍微松一点，腰围比以前多两寸，所以几套过去的西装塞不下，T恤衫要买加大号的，裤子要穿打折裤（当然，那种流行的低腰裤，我是连试都不用试），衬衫领口要增一寸打领带时才不会勒住脖子，说不出话来。总之，这微幅增加的7公斤，除了让自己渐渐接受走入中年后的身材，或者没事拍拍肚皮打鼓，逗家中小儿开心，体态身型倒也没有太大的变化。

直到有一天，牛顿发现的万有引力在我身上产生明显作用时，我惊觉地心引力这玩意儿可真厉害。那天，我坐在床边，弯着腰，弓着身，低着头整理地板上儿子丢了一地的玩具，突然间我发现，自己眼角的皮肤正往鼻梁中间移动，慢慢挤压双眼！我试着让头顶朝下，不得了，整个脸颊的皮肤像水流般，顿时全往反方向挤向眼角及眉毛，把头抬起来，才又恢复正常。于是，我来来回回试了几次，脸颊上这片看起来没几两的肉，竟然也在晃动，那天我开始对"胖"这个字有了反应！

吃行合一

我知道自己这种天天坐在办公桌前的人，运动时间不够，我也知道自己饮食不均衡，再加上习惯"夜猫子"的生活，晚上总要拖到12点才就寝，然后白日嗜喝咖啡，夜间爱吃宵夜，口味好甜重咸、酸辣不忌，几乎所有与健康原则相违背的法则，我全违背了！

还好，人之异于禽兽者，在于会反省。所以既然省察自己饮食起居有许多地方不合乎健康原则，那么当然得提醒自己改善。不过，我也不是那种充满恒心毅力的人，所以很有可能在减重这条路上，仅维持5分钟热度，届时若痛苦不堪又不成功的话，必定掩面羞愧，不敢见人。因此与其为了减重而减重，不如自然一点。我只好向上帝祷告，求他赐给我一点力量与毅力，让我不致虎头蛇尾。

接下来，我只不过提醒自己多走路少坐车，所以搭地铁上下班时，出了站就走路去办公室，下班也是一样，双腿成为办公室与地铁站的衔接工具。除了走路，当然也骑自行车。自从摩托车报废之后，我发现用自行车代步十分方便，不仅没有停车的困难，还兼具运动功效。甚至骑出兴趣之后，有一回为了赶去办公室开一个清晨6点钟的会，我索性5点钟骑自行车出门，从新北市骑到台北市。清晨的台北，空气清新，舒爽怡然，跨县市的永福桥美得令我忍不住停下，好好地欣赏桥下的溪水风光（还好没有被人误以为是想不开），想来这早起的鸟儿果真有意外的收获。

享"瘦"时光

除了多用双腿，我也谨遵三餐八分饱的原则，饭前先喝碗汤，中餐便当里的白饭荤菜只吃一半，素菜则全送进胃里，饭后去公园里逛一圈，回来再小憩半小时，晚餐也照例实施。就寝前若饿了，就喝杯"猛兽大力筋骨汁"——牛奶是也！如果还有饥饿感，那就睡吧！

想不到，不过就是这样走走、逛逛、骑骑、睡睡、喝喝、吃吃，几个月之后，皮带扣开始一格一格往后退了，过去穿不下的西装穿上了，扣不起来的裤扣扣上了，勒紧的衬衫领口变宽了，接着常常听到有人说："咦？你瘦了！而且瘦很多！"

其实，只要不是因为莫名其妙得了什么不治之症而消瘦，我还挺享受这个"瘦"的尺寸呢！

这段过程给我很多省思，原来好的习惯需要不断提醒，过去即使知道早睡早起身体好，可是"夜猫子"多半夜里晚睡、早晨赖床。过去也知道要慢跑、游泳，常运动，但是往往三天打鱼两天晒网，没几回就停了！可见一个好习惯要坚持下去，需要不断鼓励自己，而且要耳提面命，啰唆一点！

我为了"啰唆"自己，特意用闽南语作了一首打油诗，随时提醒自己：

> 身体要顾，事业才会好。
>
> 面容要笑，天天把人褒。
>
> 别太计较，少年才不老。

行靠双脚，流汗才快活。

从今天开始，为自己的身体多"啰唆啰唆"，过一段享"瘦"时光吧！

好好爱惜身体，仔细照顾身体，只有身体健康才能完成一个又一个梦想。

长短尾的牡丹

　　有一年过年，为了让家里添点喜气，我决定买几尾大红色的金鱼，给鱼缸增加些颜色，而原先饲养的几尾大鱼，则相继分送给好友，给它们换个新家。

　　那一阵子，家附近的水族店正好举办新年大甩卖活动，各式小金鱼全都9尾100元，我乘兴前往挑了3种，牡丹、小红帽及狮头各3尾，又再选了几尾其他种类的小鱼，兴高采烈地捧回家。

　　鱼缸里换了新的房客，顿时光彩亮红，小金鱼东游西窜，宝里宝气的，十分讨喜。我带着孩子们到鱼缸前围观，并解释那3个品种的金鱼有何不同之处：牡丹肚大尾短，像怀胎十月的妇女；小红帽红顶白身，圆滚滚的身躯像圣诞老公公；狮头则头顶着花冠，像雍容华贵的皇后。三种金鱼各有千秋，一起在长方形的鱼缸里，倒也相安无事，颇能适应。

　　"咦？为什么那尾鱼尾巴歪歪的，一长一短？"女儿看得仔细，端详了半天，发现有些蹊跷。

　　"对呀，我现在才发现，买的时候没注意，店员居然挑了这尾有缺憾的牡丹鱼给我！"我有点被骗的感觉，花了钱，竟然买了尾长短尾的牡丹。

"它的尾巴一边高一边低，而且不一样长，游起来很吃力！"女儿分析它的泳姿。

"对呀！大概活不了几天，这种有残缺的鱼，天生抵抗力就弱！"我根据自己的养鱼经验，下了个自以为是的结论。

接下来这一年，小鱼渐渐长大，也相继有三四尾鱼夭折，原本十多尾鱼，现在只剩8尾在鱼缸中悠游，3尾牡丹死了两尾，小红帽与狮头各夭折一尾，8尾鱼住在三尺鱼缸中，空间还算宽敞。

"为什么另外两尾牡丹都死了，这尾长短尾的牡丹反而活下来？"女儿有一天好奇地问。

"真的！你不提，我还没注意到呢！"我惊讶地发现，当初那尾被我铁口直断活不了多久的牡丹，现在虽然身型不大，但却神采奕奕：歪了一边的鱼尾，仍奋力摆动着身体，支撑那圆厚的肚量；有饲料浮在水面，也不畏其他大鱼抢食，仍抬着头，张大嘴觅食。

"我觉得它很有志气，很勇敢！"女儿说道。

"哦？怎么讲？"

"因为它那么辛苦才吃得到，而且尾巴短，游得也不快，却还是很努力，天天在运动，所以身体反而很健康！"

女儿的体会让我莞尔，但想想似乎也有那么点道理，一尾有点缺憾的鱼，没有飘逸的尾巴，没有优哉的泳姿，却仍能活下来，代表它不仅天生抵抗力比其他鱼强，而且求生意志也不弱！

这样看来，如果当初买来的这十几尾色彩鲜艳的鱼，目的是让咱们家增添些颜色，那么这12尾鱼的任务，就是尽力展现它们优美的泳姿与美丽的外表，但是12尾中却只有8尾尽责地完成任务，其他几尾已先后阵亡，反而有残缺的那尾歪尾牡丹，还神气地摆着长短尾，展现它亮彩的鱼纹。

可见我当时的铁口直断，断错了！

这尾牡丹，一开始看起来似乎比其他金鱼柔弱，游得不快，长得不好，先天条件已差一截，但是365日之后，居然与其他金鱼分出了高下——当初看好的几尾都被淘汰了，而力争上游的这尾长短尾，却好端端地享受它的水中世界。

这让我想到《圣经》里的伊莱贾，以一抵百，面对崇拜巴力的450位先知，他势单力薄，却能力战群雄，在所有百姓面前行了一个神迹，在饥荒之年，让天降下大雨。他所凭借的就是全然倚靠上帝的信心与勇气。

当然，这个过程中必定会有孤单、气丧、无力感，也会有想要放弃的念头，然而，若能坚持下去，面对看似不利的条件与环境，相信总有机会扳回一城，挽回颓势甚至全面大胜。尼赫迈亚是如此，伊莱贾是如此，连那尾长短尾的牡丹，也是如此。

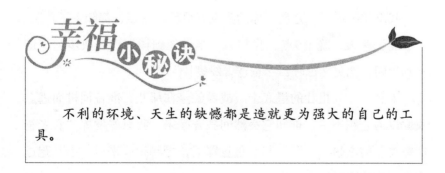

幸福小秘诀

　　不利的环境、天生的缺憾都是造就更为强大的自己的工具。

说好话，说美话

　　说话，不容易。要将一件事说得清楚、讲得明白，不仅要用正确的字眼，还要顾及场合与对象，否则很有可能在叙述的过程中，造成传播的谬误。从小娃儿的牙牙学语，到名人学者的登台演讲，说话的精准与否，总会让听者产生不同的反应。

　　咱们家小儿3岁时，有一天就说了句挺有趣的话。他和奶奶去逛市场，又到公园玩了个把小时，终于气喘吁吁地回到家，才一进门就走到我身旁，满脸通红地说："爸爸，我的头发都好累了，它都在流汗！"

　　我忍住笑说："是啊，你的头发好可怜，它累得都躺下了！"

　　隔了两天，晚上9点，我和另一半带他到楼下广场散步，才逛不到半圈，他突然惊呼："爸爸，蟑螂！"

　　果然，一只粗壮的黑武士战战兢兢停在那儿，准备伺机而逃。我原以为它跑不了，谁知它突然间狂奔起来，我只好发挥"看老爸抓蟑螂"的本事，一跃而起，重重踩下，等脚抬起来后，小儿跑过去瞧，然后很崇拜地问我：

"爸爸，你把它踩扁扁啦？"

我下巴斜向一边，点点头。开玩笑，老爸这双无影脚，哪容得了它从脚下逃窜。（先自首，希望爱护昆虫协会不要怪我杀生。）

回家后，他一进门立刻冲进爷爷、奶奶房间，煞有介事地对爷爷说："爸爸刚才在公园，看到一只蟑螂，爸爸就用脚'啪'一声踩下去，蟑螂就'咔'的一声变扁扁了！"

爷爷笑着说："哈，形容得真好，还会配音呢！"

看小娃儿学讲话，听他形容事情，尽管有那种天线没对准的感觉，但是怎么说都很可爱，没人会怪罪。

反之，如果是成年人说话，可就没这么大的空间，用语非得小心清楚甚至精准不可。

说者无心，听者有意

有一回，去听一位学者演讲，谈的内容是父亲的角色。当讲到夫妻相处的重点时，演讲者对着现场的妇女观众说："如果你先生是开出租车的，你不要瞧不起他，要尊重他；如果你先生是做摊贩卖小吃的，你也不要看不起他，要鼓励他，支持他。"

演讲者讲得义正词严，口沫横飞，似乎不觉得自己有什么地方讲错，现场妇女观众听了，有人也在猛点头。但我在底下坐着，总觉得这话真怪，演讲者为什么要点名"开出租车的""卖小吃的"？不是说职业不分贵贱吗？怎么在他口中，这职业变成有可能被人看不起的情况呢？显然这是知识分子骨子里的骄傲，所以丝毫没察觉自己讲错话。

我回家开玩笑对另一半说："如果这句话代换成'如果你先生是当教授的，你不要瞧不起他，要尊重他；如果你先生是做总统的，你也不要看不起他，要鼓励他，支持他'，这样的话语说不说得通？"

如果我们知道人人平等，那么开出租车的与当教授的，一样享有做人的尊严，哪有什么看得起或看不起的分别？

但这位学者知道自己说话不得体吗？八成没有！他在举例之前，有先想过"说者无心，听者有意"吗？如果现场听众正好有出租车司机或小吃摊老板，听了会不会不舒服？演讲者岂不该先想想听众可能会有的反应与感受？

这就是说话的艺术吧！有的人会说话，讲出来的话，令人如沐春风；但有的人不善说话，说之前没先三思，听的人很可能火冒三丈。

说话惹祸的嵇康

不过也有人不爱说话，反而得罪人。在魏晋时代的竹林七贤中，为首的嵇康就曾有这么一段故事。话说司马昭的心腹钟会，久闻嵇康颇有才华，而且听说他为人率性，整日衣冠不整，放浪形骸，希望见他一面，将他延揽入朝。谁知他来到嵇康的住处后，却摆出官架子，要嵇康出来迎接他下马。

嵇康明知钟会来到，却视而不见，径自和向秀二人在柳树下打铁。钟会在一旁等了快个把小时，嵇康也不闻不问。最后双方僵持不下，钟会决定转身离去。

这才听到嵇康扯着嗓子问：

"何所闻而来？何所见而去？"

嵇康很厉害，问了一句很难回答的话，而且话中充满讥讽、戏谑之意，这显然是要钟会下不了台。意思是："你听见什么而来这里？现在又是看到了什么而决定要走？"

这钟会也不是省油的灯，没想到对方不给他好脸色，堂堂一个朝廷要员，竟碰了一鼻子灰要走，实在难堪，既然嵇康这么问，也得给人家回话，便怒气冲冲地回答：

"闻所闻而来，见所见而去。"

这句话稍稍为自己扳回一城。

不过，嵇康虽然逞了一时的口舌之快，也赢得一时的优势，却埋下了祸根。后来嵇康为了帮朋友作证而陷入牢狱之灾，给了钟会一个报复的机会。钟会便在司马昭面前造谣，将嵇康处以死罪。就这样，一代文豪含愤而终，他死前写了首《幽愤诗》，名垂千古。

由此可见，说话真是不容易。说得巧，还要说得好；说得美，也要说得对。我们每天都要三思说话的技巧！

幸福小秘诀

　　一句话说得合宜，就如金苹果放在银网子里，恰到好处，相得益彰。

且教且养

理出一条"当行的道"，
　　然后教导后辈，
　　教育下一代，
　　使人人谨慎，
走在"当行的道"上。

放心吗？放心吧！

报纸上接连刊载了几则令人吃惊的新闻，使人对于照顾与管教孩子有更多省思。

一对爱钓鱼的夫妻，在一个夜里带着3岁的孩子至钓鱼场钓鱼；凌晨1点多，钓得正起劲时，突然发现鱼池中央漂浮着一个小男孩，众人惊慌之下，赶紧将小男孩救上岸，这才发现小男孩竟是那对夫妻的孩子，但孩子不知是何时落水的，救上岸时早已没了气息。这对夫妻除了痛哭失声，再也唤不回孩子了！

还有一则是一个两岁女童坠楼的新闻。原来母亲与继父吵架，小女孩受惊吓哭闹，母亲在继父出门后，一气之下将孩子反锁家中，便外出寻乐。母亲整夜未归，家中只有6岁的哥哥陪着小女孩，小女孩在阳台吵着要妈妈，竟意外自8楼坠落，小小的生命便离开了世界。

两则与孩子有关的新闻，凸显了这个社会上许多奇怪的现象，以及生命的不可掌握性！

或许舆论会怪父母粗心大意，警察也会调查事件的详情，追究责任。但是，这毕竟都是事件发生之后的事了，不论再怎么努力，小生命也不会复生！

生命就是这样脆弱，特别是孩子的生命，一眨眼，那突如其来的意外就硬生生地出现。

该怪谁呢？是父母粗心大意，是小孩贪玩，还是这个社会隐藏的病？

可怕的事发生后，我们除了流泪还能怎样？

我常想起庄子的一则寓言：

> 泉涸，鱼处于陆，相呴以湿，相濡以沫，不如相忘于江湖。

无奈的是，我们都不是鱼，从来没体会过鱼在缺水的生死关头是怎样的感受！所以我们快乐地任意挥霍社会给我们的自由。半夜钓鱼的夫妻，弃子不顾、彻夜玩乐的母亲，都是这个社会的产物。每个人享有过多的自由，以致我们常疏忽了他人的自由，例如孩子的睡眠、饮食以及父母应该给予的养育和照顾。

这些新闻明白地告诉我们，生命是如此脆弱，我们岂能再加剧生命的危险？我们岂能这样"放心"地弃之不顾？

看到这样的新闻，我们真的不敢放心！所以我们更小心翼翼地看护着孩子，一举一动、一跑一跳都时时叮咛，把孩子当个宝贝在手心捧着。因为不放心，所以紧紧跟着！

但尽管如此，好友小杨的儿子还是发生了意外！

有一天上午，小杨的妻子拿出葡萄干给孩子吃，孩子吃得很开心。不知怎么，孩子突然脸色发青，咳嗽不止，吓得妻子赶紧给小杨打电话，小杨飞车回家，立刻将孩子送进医院。

然而，医生看诊时，前拍拍后拍拍，竟说了句："没事，可以回家了！"

当夜，孩子的情况又不对了，依旧是脸色铁青，咳嗽不止，夫妻俩换了家医院就诊，这回得到的回复不一样了："糟糕，很严重，葡萄干被吸进孩子的肺里，要立刻住院，准备开刀。"医生这么回复。

一天之内换了两家医院，得到两种完全不同的答案，小杨说："那天的情况与电视剧《急诊室的春天》一样，医生、护士推着孩子进手术室都是跑的，紧张的情况让我们的心情跌到谷底，第一次有那种随时会失去孩子的感觉。"

还好，孩子救回来了，现在活蹦乱跳的。

但小杨说："生命真的不是我们能掌握的，连在妈妈眼前吃葡萄干都会出意外，我们还能说什么呢？"

小杨发出一句感叹："想起来，我们能平平安安长大，还真是不容易，这也只有自己当了父母才知道。"

谁说不是呢？我们想尽办法得到平安，但不管我们怎么努力，仍不能保证生命中的意外不会发生！

这样，又如何能放心呢？

我们都该为自己的生命感恩！上天将孩子交给父母看顾，父母就应尽照顾之责，相信这是我们可以做到的。凡事别轻忽，也别太随意，尊重每个生命，也重视身边每个人。

孩子越来越大，我们就越不能放心，因为不可能一天24小时看着孩子。操心常常于事无补，毕竟我们无法知道孩子何时会跌倒，何时会受伤。不过，有一点是我们随时随地可做的，便是为孩子祈福。

记得女儿还小的时候，每天晚上爸妈都会从弟弟家走到我们家，陪他们的孙女，所以女儿每天都盼着爷爷、奶奶来。

有一回，女儿问我："今天晚上爷爷、奶奶会不会来？"

我随口答："会呀！如果你很希望他们来，祈祷爷爷、奶奶一路平安，这样他们很快就会来了！"

果然，3岁的她一股脑儿跳上床，低着头念念有词，就在她睁眼的刹那，爷爷、奶奶正巧进了门。

"爷爷、奶奶，我刚才祈祷你们来，你们有没有听到？"

"有啊！……"

祖孙间的对话十分有趣，我看在眼里，再次确定，让孩子的心里有盼望，这一生的道路，我们做父母的就可以放心了。

幸福小秘诀

心中有信念的人，其行为必定也表达出这种信念。一个正直的人，也必定是说到做到的人。

当行的道

　　如果时间允许，我很喜欢测试自己的脚力，尝试走新的路。比如从地铁站走到办公室，可以有两条路线：一条走3号出口，一条走4号出口。大部分乘客都走4号出口，因为可以转接公交车路线，沿着大马路走，走起来颇有赶车的味道，一股急劲，带着催促着自己上班的急切心情。另一条则须钻进大学校园后门，横过一大片操场，再从校园大门窜出，有种踏出校门的快感。两条路距离都差不多，但走起来心境不同。

　　也许是因为尝试新的路线，让我有探险般的惊喜，所以许多新路线、短距离，竟一一被串联起来。去爬家附近的小山，换一条路走，原来可以走到小女曾就读的小学；去大超市，换条大马路走，原以为这样走距离较远，却不知其实可以连接到超市旁的小巷子，路程反而近了。就连开车去市区另一端时，心里想着节能减排，也不自觉在脑海中画出一张地图，试试看换条路走，结果冒着因不熟悉可能导致绕路的风险，竟然找到一条最近的路线，足足省下6公里的路程。

其实我向来不轻易尝试陌生路线，因为小时候老师、父母都教导一个观念："最熟悉的路，就是最近的路。"这话是说可避免走太多冤枉路，甚至避免走错路。我一直奉行这样的原则，不熟的路不走，没走过的路不走，为此在和老婆谈恋爱时，就和她闹过一次口角。原因是有一晚开车送她回家，她建议走家后方的田埂，我路不熟，又怕田埂太小，车过不去，所以没依她，尽管她再三保证连公交车都能通行，我的小车一定没问题，但我还是没点头，就这样吵了一场冤枉架。

尝试新路的态度

那次口角之后，我的脑海中经常浮现"当行的道"4个字。什么是当行的道？其实，那晚既然女朋友说安全，就是"当行的道"，试试看又何妨？但我不愿尝试，是因为我太固执，太胆小，还是嫌麻烦？我想，应该都有。有时候，当行的道却不行，是因为人对于陌生的前景，茫然、固执、胆怯、害怕甚至嫌麻烦！这大概也因当时年轻，少不更事吧！

然而，十多年过去，现在尝试新路反而尝出了兴味。唐朝大诗人王维有如下诗句：

……兴来每独往，胜事空自知。行到水穷处，坐看云起时……

显然他也是随性而起。独自一人深入山中，那是尝试新路的态

度，所以山中的静谧美景，只有自己心领神会。也难怪他走得忘神，不知不觉到水源尽头，没路可走，索性就找块大石坐下，顿时有坐看云起的气定神闲。那是一种悠然的自在，也是放眼天下的气魄，更是一种视万事如粪土的了悟。我想只有历经人生百折之后的王维，才写得出这样的句子。

王维很年轻的时候就做大官，但在"安史之乱"时，他被安禄山绑去做官，更被迫在安禄山庆功筵席上作诗。王维该如何选择当行的道？是曲意逢迎，歌功颂德，还是指出事实，义正词严，当庭指责安禄山的不是？王维选择后者。他的诗是这么写的：

> 万户伤心生野烟，百官何日再朝天。
>
> 秋槐叶落空宫里，凝碧池边奏管弦。

据说他的诗让当时逃难避祸的唐玄宗很感动。

是选择也是教育

正因王维选择"当行的道"，为自己买了免祸的保险。两年后，唐肃宗在回纥军相助下，反攻胜利，平定安禄山之乱。王维因曾在安禄山手下作过伪职，所以被抓，还好当年那首诗救了他，再加上弟弟王缙是唐肃宗身旁有功的大臣，为他求情，肃宗才宽恕他，恢复其原职，官拜尚书右丞。

《圣经》中，使徒保罗在往大马士革的路上，听到从天上来的声音，问他：

"扫罗，扫罗，你为什么逼迫我？"

惊讶于这声音的责问，也出于对自身的反省，保罗选择"当行的道"，自此从一名迫害基督徒的高官转变为传扬福音的使徒。

可见，"当行的道"是一种选择，同时也是教育，从前人的经验中学到教训，可以理出一条"当行的道"，然后教导后辈，教育下一代，使人人谨慎，走在"当行的道"上。

寻找道路时，找一条当行的道，可让自己省时省力，避开黑暗。我期许自己有一日也有"行至水穷处，坐看云起时"的胸怀。

遵循各种法律、规章，借鉴前人经验可让我们少犯错误，少走冤枉路。

管理孩子的冲动

美国电影《实习医生》中，有一个急诊案例。剧情叙述医院接到一通电话，有一名少年玩滑板撞上树干，伤势严重，正在送往医院途中，请医院安排医疗人员待命接诊。

于是，医院的实习医生与护士在急诊室门前等着，心想八成是脑部出血、骨头撞断，或是胸腔遭撞击等情况；直到救护车到达医院后，实习医生见情况不妙，转身找主治医生。

"只是撞上树干，不是吗？"主治医生问。

"没那么简单！"实习医生回答完，病患已被小心翼翼地移出救护车，众人一看，不禁冷汗直冒，一根拳头般粗的树干硬生生穿过少年的肚腹。原来这孩子在同学家靠近山边的别墅外玩滑板，因为喜欢刺激，从山坡上往下滑，结果一不小心被一块石头绊倒，当场摔出去，正面撞上眼前的这棵大树，其中一根树干就这样穿过他的肚子。救护人员到达现场时，见他挂在树上，不敢轻易移动他，怕引起他大量出血，只得用锯子将树干锯断，连人带树干送至医院，让医生想办法。

正当大家挤在门口，准备将少年送进医院时，少年的父亲也赶到医院，一看到孩子就大声责骂：

"我叫你别去，你就不听，为什么你总是不听我的话？"

医护人员立刻将父亲拉开，将病患送进急诊室。一旁的医生陪着父亲，怕他伤心过度。

父亲说："我真后悔，那时没有坚持把他留在家里，结果造成这样大的伤害。"

医生在一旁好言安慰："你别难过了，孩子都是很冲动的。"

只见这位父亲正色说："但是，管理孩子的冲动，是父母的责任。"

这句话如雷贯耳，让医生一时语塞；而坐在电视机前的我，也被这句话拍醒。

管理孩子的冲动，的确是父母的责任！

在以色列的历史中，大祭司以利有两个不肖的儿子何弗尼与非尼哈。他们不仅用叉子把锅中在煮的老百姓用来献祭的肉取走，甚至还对后面等候献祭的人说，把没煮过的生肉也交上来，百姓不肯，他们的仆人就去抢。

老以利听说了这些事，不知是老了没力气管孩子，还是不在意，只是轻描淡写地说了一句："我儿啊，不可这样。"

这句不痛不痒的话就像耳边风，两个孩子一点反应也没有。结果恶有恶报，在一次以色列人与非利士人的战役中，以色列人大败，以利的这两个儿子也在同一天被杀身亡。何弗尼与非尼哈固然是自食恶果，但是难道他们的父亲以利不应该为他们的行为负责任吗？

日前，电视播出一名中学老师管教学生的新闻。画面是旁观的学生用手机偷拍下来的，并不是很清楚，但隐约可看到老师怒骂学生甚至摔椅子的画面，引起许多人的讨论。在一个访谈节目中，主持人问来宾对此的看法，有人坚持不可体罚，但也有来宾认为一定要体罚。辩论到最后，虽然没有具体结论，但大家达成一个共识，就是管与教必须双管齐下，不能"只管不教"或"只教不管"。

但是，该怎么管？该怎么教？分寸的拿捏真是不容易呀！

想想老以利的话，他没管吗？他没教吗？应该多少都有，只是孩子听不进忠言，依然故我。这时老以利该怎么做？拿出足够的爱心，循循善诱？或是激发创意，用打骂以外的方式来管教孩子？如果老以利跑来问我有何妙方，我还真没有多大把握可以想出适当的管教方式——顶多暂时解除这两个孩子的工作职务，让他们不要接触百姓献祭的祭物，然后找个空手道六段的老师来教他们吧！

但这也不对，因为找个武功高强的老师来，除了让他们锻炼身体外，在某种程度上，也是以老师的武力来威吓他们，万一老师失手伤了他们，会不会又演变成体罚教育？

我拿这个问题问了周边几位朋友，突然有人反问我一句："喂！他是你儿子，你若真想好好教、好好管，怎么可能管不好？管不好只有一个原因，就是不太想管！"

这句话说得是呀！这不正是急诊室里那位父亲所说："管理孩子的冲动，是父母的责任。"如果做父母的知道，孩子的成长是父母的责任，那么后续任何管教，一定有足够的爱心、耐心在其中。

未成年的孩子，当然都会有冲动、莽撞、顾前不顾后的时候，父母正是他们行为的把关者，理当管理他们的冲动。

幸福小秘诀

　　管教者对孩子所付出的耐心、爱心、陪伴，在开始时或许看不到成果，时日渐长，总会看到孩子开花结果。

在后的将要在前

那日与几位在大学教书的老师朋友聚餐，连教务主任都来了，席间聊了许多课堂教学的事。坐在我身旁的两位老师恰巧都是留英归来的，话题不自觉便转到在英国读书时的林林总总。当谈到英国的各方面发展时，我听着有趣，也加入他们的谈话。他们聊着英国哪里好，哪里漂亮，哪里有趣，我笑说："现在英伦三岛最红的应该是爱尔兰吧！"

我原以为会得到更多有关爱尔兰的信息，或者他们附议的眼神，谁知其中一位老师开玩笑似地回答我："哦？真的？你是指他们穿的裙子、吹的笛子吗？"

当场我的话就接不下去了。说实话，我只听说苏格兰人穿裙子、吹风笛，我还真不知道爱尔兰人穿什么裙子，或是他们擅长吹笛子呢！

倒是教务主任帮我解了围，说："爱尔兰这十年是了不起，变成了顶尖的国家，很了得！"

接下来没再听到隔壁两位老师谈英国，倒是教务主任对爱尔兰侃侃而谈。这件事让我联想起，之前曾看过一篇学生写的自传，说他如何辗转，经历重考、打工的辛苦过程，终于考上一所大学的夜间部，但是读了一年后却颇感失望，因为有的老师上课不认真，只在聊些有的没的，打发时间。

我不能确定这位学生写的是真是假，或许那只是个人感受。但是，如果将这说法与前面那两位老师的谈话相对照，为师者真的不能不加油了。虽然现在不看书、不读书、不买书的学生多得是，但是，拿了学位之后就不再读课外书、不读报、不吸收外界信息的老师也不少。

说真的，那位学生的自传令我有许多感触，毕竟再糟糕的学生也是老师教出来的。什么样的老师自然教出什么样的学生，老师不积极吸收学习知识，怎么可能要求学生学得好？

智勇双全的尼赫迈亚

公元前400多年，有一个犹太人名叫尼赫迈亚。他好不容易得到当时波斯皇帝的允许，回耶路撒冷城重建当时的城墙，但是反对他的人用各种话语刺激他、嘲讽他，甚至还准备研拟计策，部署军队来攻击并阻止他。

尼赫迈亚不过是皇帝身旁的一个酒政，历史上并未记载他是否学过用兵之道或是领导管理之术。但是他说服犹太人的宗教领袖，鼓励各城各支派的犹太人一起参与重建城墙，规划重建工作巨细靡遗，短短的52天就完成城墙的重建，连敌人准备进攻的计划都还没做好，他就先完工了，让所有人瞠目结舌。从整个过程来推测，尼

赫迈亚应该平常就是个博览群书、不断求知的人，所以当他凭着信心虔诚祈祷时，上帝便赐他智慧，让他发挥所有的才能，最后毕其功于一役。

尼赫迈亚不仅是个领导人才，更是一位循循善诱的老师，所以能教出一群团结合作、不惧外力的犹太百姓。

枚乘的《七发》

汉赋大师枚乘在文学上的地位，可说是汉朝时期的代表。他最有名的一篇汉赋就是《七发》。当时正值汉朝的"文景之治"，皇宫大臣的子弟多半骄奢逸乐，枚乘写《七发》，便是假设楚国太子生病了，要用七帖药来医。而这七帖药正是暗讽公子哥儿们贪图享乐、好逸恶劳。枚乘以文为鉴，希望引导他们摆脱腐化淫逸的生活，走上正途。

枚乘的《七发》成为当时要求皇宫子弟必读的文章，但是几乎没有人将其当一回事。直到汉景帝晚年在病榻中，才五六岁的刘彻跟着母亲来看父皇，见父亲生病了，立刻说道：

"父皇，你找枚乘来医你嘛！因为老师说过，枚乘的《七发》可以治百病。"

汉景帝大喜，这小娃儿年纪轻轻就能说出枚乘的《七发》，顿时对其刮目相看。反而当时的太子不以为意，不喜欢读书，连枚乘是谁都搞不清楚。

这小娃儿就是后来的汉武帝。

可见好老师会带出好学生，勤学、好学是不分年龄、自幼及长的事。若蹉跎了岁月，忽略了各阶段的学习，对老师或学生都是可惜的呀！有句话说"在后的将要在前"，实在是很重要的提醒！

一时的成功，不代表永远成功；一时的失败，也不会是永远失败。只要坚持信念，跑在后面的人将会迎头赶上。

感谢周杰伦

　　为什么要感谢周杰伦？其实若要随便找些感谢的理由，真的不难，说他歌唱得好听，可以感谢；说他提振唱片业人气，可以感谢；说他电影拍得不错，也可以感谢；说他通过歌曲、电影，传播了一些欢乐给观众，更可以感谢。总之，感谢一个人，要找出些理由，容易得很。

　　但这些都不是我感谢周杰伦的原因。毕竟，他的歌不是我这个年龄的人常听的，他的"RAP"在我听来很像数来宝，他的咬字又常令我耳朵打结，所以按理说，我应当不是他的"粉丝"。

　　不过，我真心要感谢周杰伦。因为有一天晚上，我突然发现读初一的女儿，一个被功课压得喘不过气来、睡眠越来越少的中学生，一个为脸上冒痘痘而找妈妈求救的爱美少女，竟然自己打开钢琴盖，摆上琴谱，练起琴来。

　　我大气不敢喘一声，太阳打西边出来了吗？这实在太反常了，女儿从小练琴，每次总像是逼她喝毒药一样，非在各种压力之下，才肯将双手放在琴键上。如果有一天忘记练琴这件事，大家便装作一起忘了吧，免得想起来，又是涕泪纵横的。

后来她年纪稍长，教会请她帮忙司琴，等于变相给了她任务。这在老爸的眼里，多少有点诡计得逞的莫名得意，因为是教会辅导要她练，不是我逼的，她也就习惯成自然，不断提高自己的弹琴水平。

其实，我也不是要培养一个音乐家，只希望让她学一项才艺，而且教会中的司琴人才再多也不够用，总希望她学琴之后，可以用得上。或许这些都是做父母的想法，所以一旦压力降临到孩子身上，逃避、退缩、威胁、利诱、眼泪、哭闹、生气、赖皮的情况，绝对是一而再再而三地轮番出现。

这类不太好的过往经验，让我在女儿进入少女阶段后，就不再强势要求她练琴及坚持了！中学功课忙，就先停一阵子吧！只要她在教会的司琴工作不停止，水平应付得了，就先别要求她非得像个音乐神童不可，只要她在忙碌的课业之下，还能有点开心的笑容即可！

一场电影的刺激

但美少女什么时候竟然会自己坐上钢琴椅，然后一练琴就差不多一小时，还弹得不亦乐乎？原来是从周杰伦那部电影开始的。

第一次，是我们全家一起看周杰伦入围金马奖的电影《不能说的秘密》，看完后觉得，男主角卖弄琴艺的桥段的确酷酷的。可是，电影看完就当是消遣时间结束了，当时并没有在心中激起什么涟漪。

隔了几天，美少女跟我说："学校音乐老师重放《不能说的秘密》给我们看，我们都觉得他那首让时空转换的主题曲超好听。"

我回应说："你们老师还挺不错的，让你们看看电影，调剂调剂！"当时我心想，还不就是流行歌曲，你说好听就好听吧！

后来，周杰伦出新专辑，接着又出版了所有电影配乐的琴谱。更巧的是，有一天，她的叔叔，我的弟弟为了鼓励他儿子练琴，买了琴谱吸引孩子坐在钢琴前练练看，而她这宝贝堂弟又拿着琴谱向堂姐请教，堂姐就先带回家弹弹看，结果这本琴谱就这样阴错阳差地跑到咱们家的钢琴上了。

然后，连着几天晚上9点多钟，她功课写累了或是出房门吃点水果的休息片刻，琴盖就被打开了，而我则听见越来越美丽的音乐。

"我们班同学都说，电影中这首曲子最好听！有两个以前学过钢琴的，最近都在练。"她边弹边跟我说。

这下子我终于知道，为什么可以不用催、逼、拉、扯、骂、诱、哄的方法，就能自自然然让美少女的手指滑过琴键，原因就在于她自己沉浸其中，并且享受弹琴这件事。

等她自己情愿

可见"享受"其中，是很重要的诱因。小孩子为什么爱吃糖？因为他享受吃糖时的满足。青年人为何爱球类运动？因为享受打球时的刺激以及得分时的兴奋。

有一回，听一位过去的同事分享女儿读书的过程，他说女儿初中三年没额外补习，每月月考数学却都能考90分以上，大家都很惊讶。有一天，孩子自己说："爸爸，我觉得数学并不难，只要一直做题目，越做就越知道该怎么解题。"原来她解题解多了，就解出兴趣，也学会享受做数学习题这件事。读书虽有压力，但有了享受的心情在当中，身体虽然累，心里却不苦。

许多事不都是这样？所谓"心甘情愿"，甘就是甜的意思，只要心里是甜的，再累的事也做得下去！

所以，我当然要再说一声"感谢周杰伦"！因为他让我们家的美少女练琴时心里是甜的。

　　学习，若心甘情愿，绝对比被强迫有效。一时遇到挫折不用急，循序渐进，培养兴趣，建立信心，学习成绩必会突飞猛进。

安静与谦虚

老同学打电话来分享一件事，说老师问他读中学的儿子可否代表班上参加学校的美术比赛。这突如其来的一问，让孩子一时反应不过来，不知该说好或是不好，只羞赧地回答："我没有画得很好啦！"老师说："不会呀！上次墙报比赛不是得了第二名？""那是大家的功劳啦，我们五个人一起画的。"

结果老师再也没有提起参加美术比赛的事，直到比赛前一天孩子才知道，老师已经推荐班上另一位女同学参加了！同学在电话里问我："奇怪，难道老师听不出来，我儿子的回答是一种谦虚吗？"他又强调了一句："难道现代人已经不倡导谦虚了吗？"

同学的儿子个性有些内向，平常话也不多，有时在电话里听老同学谈起儿子，总是透露出满满的期许：

"我常跟儿子说，别太强出头，对长辈老师要注意礼貌，因为大家都喜欢有礼貌的孩子，尤其你客客气气的，常常懂得礼让，别人就会对你有很好的印象。"

同学问："是不是我这样的教导让他习惯谦让，反而失去许多参加比赛或争取表现的机会？是不是应该要勇于说好，而且当仁不让，表现出强势的一面？"

其实，我很喜欢他这个儿子的。几次打电话去，只要是他儿子接的，总会一开口就问好。如果爸爸不在，也会客气地帮我留下电话，后来听熟我声音，常主动、客气地称我一声叔叔。我心里常觉得同学把儿子教得真好，现在青少年肯主动和长辈打招呼问好，不容易呀！

同学对儿子没能参加比赛颇自责，尽管我不断夸他儿子，说他家教好，老爸有身教，可是他心里似乎还是挺沮丧的。挂上电话前，他幽幽地说了一句："现在这个社会呀，你稍一谦虚，机会就没啦！"

我不知道老同学这样的感叹是否会影响他未来的教育态度，但是我有把握，只要孩子一直有这样谦虚的态度，总有一天老师会看到他的可贵；甚至将来长大走上社会，一定也会受到欢迎。

其实，洋基队前投手王建民不就是这样博得好人缘的吗？第一名模林志玲也是礼貌、客气、谦虚，让媒体都喜欢采访她呀！虽然可能因谦虚会暂时失去某些机会，但是不表示永远都没机会！

还记得20年前，我曾在一家传播公司工作，老板是社长，老板夫人是总经理，所以夫妻档经常在办公室里谈公事，有时候不免因意见不合而发生争执，不过每次看起来都是总经理赢。有一天晚上，总经理与我们开会，会开到一半，她突然微笑着说："你们社长啊，虽然做决策时婆婆妈妈的，让我常常跟他吵架，可是他有个优点，就是从来不还嘴，像我生气时会讲他这个不好那个不好，他都不会骂回来，他真是我见过很有修养的一个男人。"

总经理的结论不是自夸，因为老板的一言一行我们全都看在眼里，他从未面露凶相、口出恶言，讲话也从不带刺。有好成绩，他很善于夸奖；有人出了纸漏，顶多就是问几句话，几乎没见过他发脾气。尤其他之前是做营建工作的，曾经得了些奖，也从未见他将其挂在嘴边。这样一个老板，只是我过去工作中的上司之一，却是我印象最深也最怀念的一位。

　　不过，现在这个社会似乎不再强调谦虚，所以难免会有老同学所发出的那句感叹：

　　"稍一谦虚，机会就没啦！"

　　话虽如此，但我仍常以教会中一位大哥为榜样。他是拥有五家服装店的老板，在台湾、大陆都有公司，可是他却每个星期天都来教会当招待、发周报，在大门口喊：

　　"早安，欢迎来教会！"

　　其实，他大可在教堂里做礼拜，何须这样点头哈腰的？

　　那天，与老同学挂上电话前，我送了他一句我很喜欢的话：

　　"上帝阻挡骄傲的人，赐恩给谦卑的人。"这句话不仅希望可以鼓励他，同时也提醒我自己，总要常怀谦卑温柔的心呀！

　　年幼的要顺服年长的。大家彼此谦卑相待，彼此顺服，有这样态度的人会顺利亨通。

什么环境养出什么鱼

"好惊讶哦！竟然可以和锦鲤这么亲近！"

妻发出惊叹，我则在一旁怂恿孩子，伸出脚来试试。

"不要，它们会咬我的脚！"姐姐叫着，弟弟也躲在一旁，只有妻一人玩得兴致勃勃。

在台北安坑的蝴蝶园里，我们第一次体验让鱼儿亲吻脚掌时的吸力与搔痒。蝴蝶园的主人不收门票，只要大喊一声"牛伯伯好"，就可入园啦！他教我们先拿一颗大粒的鱼饲料，再把手伸进水里，饲料拿在手里不要放，鱼闻到味道便会一拥而上，手画圈圈，鱼也跟着转圈圈，七八个大池子，轮流喂食，足可消磨好一段时光。

接下来更震撼，牛伯伯要我们去最后面的大池子。

"脚伸下去，它们会来亲你，做脚底按摩。"

牛伯伯笑笑，我们以为他开玩笑，但他一示范，我们就不住惊呼："真的呀！"

只要人一到岸边，这些人工饲养的鱼便涌过来，一点不怕生，

也不怕被人类攻击。

　　然而池子旁的小溪里成群的野生鱼却随时机警地躲进石头底下，小虾、小鱼多得让学校生物老师不时带学生来这儿做生态教学。我顿时发现，鱼和人一样，锦鲤生长在无忧无虑的环境中，对人类的戒心就少了；在溺爱的环境里，求生存这件事根本不必考虑。反之，小溪里的野生鱼就机警得多，有饲料还不见得游上来吃呢！

　　"这些锦鲤不怕别人把它们抓走吗？"姐姐洒下鱼饲料，好奇地问。

　　"不怕，它们只怕吃不到饲料。"

　　我才说完，弟弟竟将手中的饲料一把全丢了下去，只见全池的锦鲤顿时如万马奔腾般抢进，有的吃不到，索性跳上其他鱼的背，就为了争一口食。

　　我慢慢将双脚探进池子，鱼儿也不管三七二十一，全都张大口，又吸又吻，如果不强忍住那种害怕的感觉，保证立刻惊叫连连。

　　牛伯伯说："锦鲤没有牙齿，所以只会亲你，不会咬你。"

　　我们原本半信半疑，直到自己体验过才完全相信，并大胆与鱼群做最直接的接触。

　　"所以，如果你把头探下去，大概也可以和鱼接吻吧！"

　　我笑着推论，不过没人敢尝试。

环境塑造性格

锦鲤和野生鱼的差别，完全在于它们所处的环境不同。在野生环境里，求生存是最基本的需求，所以不仅要躲避危险，还要寻找食物。然而颜色鲜艳、花纹丰富的锦鲤，却完全不必担忧这些，为什么？

因为有人爱它们！

没人爱的鱼，抓到后只有进烤箱或上火炉；但锦鲤可没人舍得吃，只因它被人爱！当锦鲤相信有人爱它，不会伸手抓它，只会喂它时，当然有十足的信心涌至人类面前，争宠抢食。

试想，若不是环境使然，相信人类爱它，锦鲤能建立起这样的信心吗？只要它还稍有一点戒心或野性，就绝对不会游到人类面前，向大家示好。

借此，我和孩子讨论一个话题，我们相信父母是爱我们的，就是信心的表现。所以随时亲近父母，只有好处，没有坏处，就像锦鲤相信接近人类只会有好吃的，不会受到伤害一样。

但是话说回来，在小溪里的野生鱼也有另一种天性，就是利用地形、地物来保护自己。溪里的石头是最佳的屏障，再加上野生鱼敏捷的身手，看见食物，能用迅雷不及掩耳的速度吃了食物就跑，这样的本事，相信是锦鲤所不及的。

不同的环境本来就会产生不同的反应，当然也会造就不同的品格与性情。

范蠡的舍

在越王勾践与吴王夫差的故事中，有一位关键人物——范蠡。勾践因自负被夫差打败后，自暴自弃，垂头丧气。范蠡的鼓励与献计，使勾践愿意屈身降服，跪在夫差脚前称臣。为了取得夫差的信任，以便得到返乡机会，范蠡献计，甚至要勾践在夫差生病时前往探病，并屈就自己亲尝夫差所拉的屎，从粪便的酸苦味来判断他的病情。这样的举动，果然获得夫差的信任，并在病情逐渐好转之际，慨然恩准勾践返回越国。

范蠡帮助勾践回到越国，辅佐他在深山里秘密整军经武。勾践卧薪尝胆，忍辱负重，等待时机，反攻吴国。

果然，在吴王夫差远征中原时，勾践趁机讨伐吴国，一举攻下吴国首都。不过也在这时，范蠡突然留下一封辞别信给勾践，就此归隐山林，不见踪影。

范蠡知道，不同的环境能造就不同的性格，勾践经过几十年的忍气吞声，性格早已大变，对人不再信任。同时由于过去对夫差虚情假意，导致勾践得国后，以为身边的人对自己也是虚情假意，因此，只要亲近的人几乎无一幸免被他砍头，只有范蠡逃过一劫。

想想范蠡，突然觉得他既像池里养的锦鲤，又像溪中敏锐的野生鱼，懂得何时该进，何时该退。知道时势已经不同，环境已经改变，自己也该有所调整了。

身为父亲，我虽然希望给孩子如锦鲤般无忧无虑的环境，但是他们终究要学习野生鱼的机警与敏锐，以获得求生的本事。当然，范蠡的舍，是"节制"的品格。孩子若能拥有这项品格，足可令父母欣慰了！

　　我们一生中会遇到各种大大小小的事，总能化险为夷，苦尽甘来，因为我们敬天爱民，所以上天不会亏待我们。因此我们脚步坚定，信心十足。

要放下，不要放松

有一年清明，全家到祖母的坟上扫墓。墓园在新店山区，上山要爬318级台阶，这是小女和她表弟一级一级数出来的。一家子人上山，老的小的都要照顾好，尤其那时咱们家还有个1岁多还不会走路的娃儿，要带他上山，只有把他往我的肩头上放了。

因此，我跟在家中几个小朋友的身后，他们一面数一面爬着阶梯，我则顶着肩膀上12公斤多的"小弟兄"，一步一步往上爬。

小朋友们帮忙拿鲜花或扫墓工具，没走多久就累了。

我跟在后面说："累了就把东西放下，休息一下再走。"

女儿说："可是我如果一坐下来休息，就不想动了。"

我突然灵光一闪接着说："所以我是说把东西放下，可没有要你们放松！"那天，我满头大汗，却深深体会"放下"与"放松"的不同，"放下"是将主权交出去，但仍然谨守本分；"放松"则是全然松懈，没有目标，毫无警觉。

诸葛亮与司马懿

在《三国演义》中，有一段诸葛亮与司马懿的对手戏。话说诸葛亮在城中，突然有消息回报，司马懿的大军正在不远处，准备攻过来，而此刻诸葛亮身边的大将都在外地打仗，城中都是老弱妇孺，根本无法抵抗司马懿的大军。这可如何是好？

于是诸葛亮心生一计，他知道司马懿是个非常小心的人，便叫人将城门大开，并且派个大妈到城门外若无其事地扫地，自己则到城墙上，摇着扇子，喝茶弹琴。套句现代的话来说，便是翘着二郎腿，看报、读书、喝咖啡，一副清闲的模样。这时司马懿兵临城下，见此异状，不敢进攻。

儿子司马昭豪气万丈地说："父亲大人，就让我们领兵入城，杀他个片甲不留，取下诸葛亮的首级，来向您讨功。"

司马懿说："不，聪明如孔明者，若是没有万全的准备，怎可能城门大开，让你轻易杀进城去？这其中必定有诈，还是退兵为妙。"

所以那一回，诸葛亮不费一兵一卒就让司马懿撤退了！这便是三十六计中有名的"空城计"。

诸葛亮在当时，可说是放下，但并没放松，因为既然敌军来了，只有面对现实；他跑到城墙上，虽是焚香操琴，却紧盯着司马懿，以掌握情势。所以，诸葛亮做了个"放下却不放松"的示范。

不过话说回来，虽然历史总是对诸葛亮的空城计赞誉有加，斥司马懿之笨，笑他不智，竟被骗得团团转，然而我们顺着历史往下看，当三国时代结束后，接下去是谁得天下？答案竟是司马炎——

司马懿的孙子。真是怪哉，怎么不是曹操的家族得天下呢？

原来司马懿才是聪明的人呢！司马懿是曹操手下的大将，曹操要靠他打天下，但是他手下大军越来越多时，曹操也不免心惊，儿子曹丕则早就想找个理由谋害司马懿。司马懿知道一句话：

"狡兔死，走狗烹；飞鸟尽，良弓藏。"

所以他若是还想活命，敌人就不能死！

可见司马懿也深谙"放下而不能放松"之理：诸葛亮既然大开城门，虽然可能有诈，但是司马懿带着15万大军，也不是什么省油的灯，真要攻进城去，也未必就会中计惨败。但是他想得远，如果诸葛亮死了，蜀国灭了，接下来曹丕就要对付他啦！既然诸葛亮将城门大开，扮猪吃老虎，他不如将计就计，先放下眼前这块肥肉，好好地整军带兵，战战兢兢地经营他的军队，不轻易放松，最后天下果然是他司马家的。从这个角度来看，司马懿反而比诸葛亮更有远见，更懂得"放下而不放松"。

尼赫迈亚与参巴拉

在犹太人历史中，尼赫迈亚是当时波斯王身旁的酒政，他取得王的信任，带领犹太人回耶路撒冷重修城墙。当时隔壁省的省长参巴拉心生嫉妒，想尽办法阻挠，甚至想派兵进攻，但是尼赫迈亚却在参巴拉进攻计划还未拟好之际，用52天就修好城墙，让参巴拉措手不及。

不过，尼赫迈亚知道，城墙修好了，百姓们必定心情放松，这时最容易让敌人有可乘之机，所以他请文士以斯拉来宣读律法书，让百姓重新想想祖先们颠沛流离的艰辛，以及他们过去曾有过的败坏，现在好一一改正过来。

尼赫迈亚放下眼前敌人虎视眈眈的情势，却不放松让百姓众志成城，以至于参巴拉找不到机会攻击他们。这次重修城墙事件，终于让犹太百姓再次回到他们的信仰中心，重建他们民族的自尊。

放下，而不放松，这真是一句挺有意思的话；老年人放松了，就容易生病；学生考完试放松了，很快就会退步；一个人心情放松了，就容易胡思乱想，盲目跟从。

放下与放松，只是一线之隔，却也是聪明人与愚昧人的分界线！

认识爱

他被录取的那一刻，
所有的辛苦都化为甘甜。
人生中有许多那一刻，
那就叫作幸福。

宠爱三部曲之一：学习去爱

上天格外宠爱我，让我拥有一双年龄相差10岁的儿女，当然也是女孩美，男孩帅啦！我这个做老爸的，天天沉醉在良好的自我感觉中，且就寝后还会嘴角上翘做美梦。

说来这也是件值得大书特书之事，只是自幼养成的良好品行，即便有任何看起来令自己得意之美好事物、良好行为、真好德行、超好际遇，都试图学习谦卑为怀，不骄傲自负得意再三，所以往往因我这方面的顾虑而未大书特书。然而为了那些需要了解我的心路历程以增强自我信心、建立长远眼光的爸爸妈妈们，多一些耳提面命、儆醒再三、超越苦难之忠告，我还是"大书特书"一下吧。

首先，咱们家是个爱孩子的家庭。当然，你也一定会说：

"废话，哪个当父母的不爱孩子？"

所以我在此得先说明，"爱"这个字，在我们拥有五千年悠久历史、文化的华人社会中，是只会做不会说的。咱华人会给孩子好吃的好穿的，要麦当劳就不会给卤肉饭，要一双有勾的球鞋就不会送"LBT"（路边摊），咱华人打骂孩子之余，还会赶紧送个礼物补偿补偿，但就是不会说："孩子，爸爸好爱你！"

这下子可说到重点了，至少我自幼就从来没听咱任何长辈正经八百、神色轻松，搂抱着咱小小瘦弱的身躯，说一句可令我全身酥麻、感动落泪却又能激起振奋之心、提升自信的话："孩子，我爱你！"

当然这还得先说明，咱老爸老妈可不古板严肃哦！咱老爷子，做得一手好菜，在美国上过电视表演示范过，而且又练得几手魔术，在各式家族聚会、婚宴场合中表演，逗得咱家小孩们个个笑得花枝乱颤，上下唇没机会合拢。而咱家老母亲更是贤惠良淑，不仅是咱医生舅舅的得意助手，更是做台湾宜兰小吃的高手。我与弟妹们从小就不时尝鲜，尝着妈妈的味道长大。

在这样幸福洋溢的家庭里长大，环境应该算是充满爱的了吧！但依旧是没听过"我爱你"三个字。归根结底，这全是咱华人不会说、不好意思说、不懂得说的原因所致。所以，权威依旧是咱华人家庭里教育下一代的主要根本大法。我这才反省：难怪我这看起来好说话、好发表意见又好为人师的外在感觉自我良好形象下，竟然在18岁之前，一直都是个怯懦、内向、紧张、脸红、不爱说话，老师在每学期评语中都会加上"安静"两字的闷葫芦。

其实，大可不必让自己变成这样子，因为没自信，所以不敢讲话；因为没机会，所以就渐渐不爱讲话；更因为填鸭教育，从没认真思考过各种知识到底是怎么回事，只知道背、背、背。你问我，"床前明月光"的"床"是什么床，为什么看得到月光？诗人的窗子是打开的吗？既然打开就表示根本不冷，应该就不会下雪呀，为什么又会"疑是地上霜"呢？是因为天上的月光与家乡地上的霜太像了，才会有这样的联想吗？

说真格的，这一连串的为什么，我还真没认真思考过，反正背就是了，背了就能拿高分，直到现在这首李白的诗，已经算是全民记忆了，但还是搞不懂李白，想不通李白的！

这样的教育背景、学习方法下培养出来的孩子，当然不会表达、不懂表达啦！因为也从来没人教过、示范过，遑论说出"我爱你"三个字。

不仅不会说，我们还不习惯听呢！试想，哪天回到家，80岁老父一把抱住我，情切恳恳、柔情再三地对已经年过半百的老儿子我说：

"儿啊，我好爱你！"

那时，赶紧找扫帚扫那一地的鸡皮疙瘩吧！

我们不习惯听、不懂得说，等到自己当奶爸时，立刻手足无措、词穷慌乱。赞美孩子只会说"你好棒"，却没说哪里棒！说"你好乖"，又不懂得说哪里乖！但是当孩子不乖不棒时，可是会说得很：

"你再这样试试看，等一下就不带你去玩了！"

"你没有姐姐乖，去罚站！"

"怎么那么粗心，差一分就一百了！"

"写的字跟狗爬似的，没一字对劲！"

所有教孩子的语言都是威胁、利诱、恐吓、责备、嘲笑式的，没一个正面说辞。其实这也都是咱华人父母教的，因我们幼时这么听来，现在也习惯这么说出，然后恶性循环，如此匆匆一代接一代，这一生很快就过去了！

感谢上天格外的恩宠，让我这一直希望再生个弟妹来陪陪姐姐的心愿，终于在夜夜双腿跪下祈祷，年年不看101大楼跨年烟火、却只在教堂彻夜祷告的日想夜盼之等待中，历经10年，再承受奇恩。

这一双儿女，让我学习说"我爱你"，学习说"为什么爱你"，学习说"怎么爱你"，学习放下父母之权威，邀请孩子参与，虽然偶尔那为父的权威姿态还是会不经意摆出来，但心里总会有个声音提醒我：

"他也是一个独立的生命，你要尊重看顾他，耐心教导他，好好爱他。"

咱这自幼努力学习各种知识的人终于在不惑之年体认到"学习去爱"是多么重要的一课。因为这样的学习，让咱可以天天见到孩子的笑容，更得意地享受做父母的过程啊！

作者按：本文故意用了许多超长句子，以及之乎者也的文言用语，只是想挑战一下读者的视觉专注力，考验一下读者的耐力，并且颠覆一下文字写作的表达形式，就算它是一个江湖中突然出现的一个怪人所说的怪话吧！希望您见怪不怪！（不过这篇只是三部曲之一。）

幸福小秘诀

　　孩子的纯真、单纯尚未被世俗浸染，这是最宝贵的赤子之心，我们应反思自己是否仍保有这宝贵的赤子之心。

宠爱三部曲之二：学习被爱

"施比受更为有福"真是句好话，提醒人们要常想到他人的需要。这句话也常常成为教育、规劝、勉励、嘉奖他人的用语，因我们都尊敬好施之人，也都肯定善施之事。

但显然"施"这件事，在我们过去的社会里不太常见。因为大家都穷，自己吃用都不够，哪还有余力来施呀！所以只要某家大员外造桥铺路，开仓放粮，接济左邻右舍，咱们一定会给他送块"乐善好施"的匾额，同时封他一个"大善人"的名号。可见，要能施，还真不是件容易的事，毕竟得有能力才行！

在过去农耕时代，平常的确见不到施的行为，再加上历朝历代不时就有人起来革命、改朝换代，要不就是皇帝一家锦衣玉食，老百姓但求温饱而已的生活。要数真正民生乐利、富强康庄的社会，历史上还真是寥寥可数。所以我们在电视、电影里，只要有这么个"施"的情节，就必定获得众人双手拍掌称庆，满口叫好。我们可以给个小结论，当个大善人也不容易呀！

但是话说回来，过去当大善人不容易，现在可不同，至少在台

湾这块宝地，一般人捐点小钱来帮助需要的人，这样慷慨的态度在我们的社会中并不少见，多少都做得到。成为"施"的人，已经成为现代社会有能力者的一个基本的人生态度。

因此，"施比受更为有福"这句话放到现代社会来考虑，就多了更深一层的思考："是不是施者比受者伟大？"既然施比受要有福，那么"施者"与"受者"之间，岂不出现尊卑之分？是否一个人有了点能力之后，就想当施者，而不愿再当受者，因为施者可以获得尊重，而受者却像个可怜人？

说实话，初中二年级时，正当咱刚满14岁不到15岁的年纪，那一回咱还真是实实在在经历了一个受者所要承受的异样目光。那回是学校组织郊游，每个学生都要交100元当旅费，从现在的眼光来看这100元，实在不是什么大数目，但当时一般人月薪只有三五千元，要花100元出门旅游，还真有点计较呢！那一个月正巧，咱老爹在"爱美丽加"（美国）挣钱，当月的支票还没寄到家里，所以我娘便正色跟我说：

"家里没钱了，你如果可以请假不去郊游，就不用交100元旅费，那么妈妈可以给你50元零用钱存起来。"

哇！50元耶！从没拿过那么多零用钱呀！隔日咱便到校跟老师说要请假不去了。

原以为只要请个假就没事了，谁知天底下的好老师都让我遇着了：小学一年级时有眼光的李老师在我上学当天就相中我当班长，让我建立自信；四年级时爱笑的陈老师圈了我几个书法字，让我特爱写毛笔字，到现在还常被学生夸咱的黑板字写得好；初二时这位朱老师一听我不能去旅行，顿时心生怜爱，关心地问：

"怎么啦？为什么不去？"

我找了个理由："晕车。"

"晕车呀！没关系，老师帮你准备晕车药！"

我说："老师，我还是不想去。"

老师又问："为什么？"

这回我久久低头不答，老师显然看出了端倪，立刻请我到他办公室拿作业簿，待我回来后，老师说：

"正宏，你参加郊游吧！我跟班上同学说了，大家都知道你的困难，全班50个同学，一人帮你出两块钱，就有旅费了！"

那天我的脸涨得好红，头都不想抬起来。第二天，我把自己的小猪存钱罐打破，交了那100元。

这事印象之深，从15岁到现在快50岁了，咱还难以忘怀！说起来还不就是当"受者"没有当"施者"来得所谓的"光荣"，心里的自卑感作祟，自尊心又强，凭什么别人付得起这一张百元大钞，而咱就得让50个同学为我各出两块钱？照理讲，50个大恩人解决了我参加学校旅行的旅费困难，咱这会儿应该轻松、愉快、高兴、乐活才是，怎么反而脸红抬不起头呢？

再往深处去想，咱平白无故获得这100元的好处，应该算是有福气了，毕竟不费吹灰之力就有了这百元旅费，比起其他同学岂不是好命、好运、好福气呢？原来都是因为"施比受更为有福"这句话的认知角度，使得咱难以承受这100元的好福气呀！

日渐长大成熟之后，我越来越不懂得如何接受他人的好处，除了心中觉得受之有愧，有时还觉得欠了份人情。若有人发自内心要赞助什么金钱、礼物给咱或咱的家人，我总是心里嘟嘟囔囔的，不

好意思，惦念着如何报答。说起来这也是归因于咱华人自古以来坚毅的韧性及不畏艰辛、不惧风霜所培养出来的民族性。受人帮助算什么英雄好汉？能够路见不平拔刀相助才是豪杰的义行呀！

难怪咱华人在外不领受帮助，在家也鲜少敞开向晚辈家人吐苦水。这也是因为我们不相信天底下怎有这等不劳而获的好事。事实上受助与被爱是不容易学的功课。我们在生命中受人恩惠，这正是我们应知恩、感恩、报恩的呀！

因此，受助与被爱，其实也是需要学习的。这恩典将来有能力再还就是了！能够敞开胸怀来接受恩典，才真是好福气呢！

幸福小秘诀

受人帮助的点滴恩情，应时刻记在心头。我们有能力时也应帮助他人，让爱广为传播。

宠爱三部曲之三：注意细节

在学习写小说的课堂上，老师用强调的语气说：

"小说故事之好看与精彩程度，全在一点一滴的细节上，如果把细节描绘清楚了，读者自然就进入你的故事，他想不继续往下看都不行。"

可见，细节很重要，往往左右整本小说的成功与否。如果将这样的说法放大到生活中来看，一个家、一个公司乃至一个社会的发展，都与细节有关。拿咱家附近的公园来说吧，一个大家休憩游玩散步的空间，有妈妈们放着音乐在树荫下跳舞；有穿着唐装看起来像是江湖高人的伯伯们在一隅打着太极拳；还有学生挑了张长椅，就着树叶缝隙筛落而下的光线，享受读书时光；当然更有慢跑的、散步的、放风筝的、篮球场上打球的人们，整个公园生机勃勃，好不热闹。

可偏偏就在大家沉浸在各自的小天地时，倏地一只家犬从旁窜出，后头牵着的主人还来不及揪住拉绳，狗儿已经挑了棵树，在树根大剌剌做了记号，散步的行人赶紧闪边绕路；接着突然间一阵急促的自行车铃声，两辆自行车从左右两边呼啸而过，原来是一群小学生在公园飙车，吓得行人不知往哪儿躲闪。

公园原本是让人休憩的轻松园地，怎么突然处处是陷阱，让人左右为难？还好公园管理负责人注意到了，开始规划出遛狗专用地，让狗儿不致在公园闲逛，然后又贴出告示，提醒大家公园里禁骑自行车。同时并进的是，公园办公室外有个大喇叭，只要有人在公园骑车、遛狗，马上通过广播告诉游客这里的规定。渐渐地，违规的情形就越来越少了。

这是细节，是公园管理者注意到的细节，是良性善意的细节，而这些细节让所有在公园里的人有了安全感，也有了遵循的标准，纵然仍有不知情的违规者，但一听到那大而可畏的喇叭广播声，立刻就被提醒着守规矩了。

由此可知，细节不仅仅只是写小说的技巧，更是任何团体成功的秘诀。一个人越早注意细节，就可越早成功。犹记得当初自己在研究所写完论文，口试结束，准备毕业，所长说，还有个小地方要改正过来，要我回去自己检查，没想到这竟是梦魇的开始。整个暑假论文被所长连退了13次，而且每次请他过目得到的答案都是：

"怎么你还是没看出问题，没有改正过来？再回去检查吧！"

直到第14次，我胆怯地用颤抖的手交给他这份检查过十数遍、让我难以入眠且心里沉重的论文时，他笑笑说：

"看你往返这么多次，去领毕业证书吧！"

什么？我像是没听懂一样，满腹狐疑：到底是哪里出错？我到底有没有改正？教授似乎看出我的疑问，便说：

"做研究要注意细节，你有个引证出处写成'系'，应该写

'研究所'才对。"

这一个小缺点，让我的论文被退了13次，整个暑假的煎熬，来回往返，重新检查，翻遍了论文中的一字一句，在差点要放弃的当儿，终于得到教授的指正，使我深深体会到细节的重要性。这细节差点让我不能毕业，这细节的错误让我的论文不完美、不专业。所以从那事之后，我时时警醒：从小处着眼的细节往往最重要。

而人与人之间的关系何尝不是如此？说出口的一句话，会不会得罪人？会不会伤害到对方？答应人的事，自己是否确定做得到？万一做不到，能不能坚持完成？在与家人、朋友、左邻右舍相处之间，细节常常成了维持关系的重要因素。稍不注意细节，可能一个误会就此产生，挺划不来的。

打扫环境，要注意细节；与人摆龙门阵聊天，要注意细节；赞美他人，要注意细节；团队合作，要注意细节。越早注意细节，就能越早避免错误。不妨像公园里的大喇叭一样，大声提醒自己：注意细节，多一点关心。

幸福小秘诀

任何事可由小看大；一个人在最小事上忠心，在大事上也忠心；在小事上不义，在大事上也不义。

那一刻，名叫幸福

影星刘德华在某一部电影里饰演一个大毒枭，他身边有个卧底警察，看到隔壁邻居吸毒过量而死时，在心里问了一句话："我一直不晓得人为什么要吸毒，现在我知道了，是因为空虚。那么到底是毒品可怕，还是空虚可怕？"这句话在电影的开头和结束各问了一次，似乎成为这部电影最主要的提问。但是，这句话的背后其实也在问吸毒者："难道心灵空虚就要吸毒吗？"

当幸福来敲门

这个问题倒是可以由另一部电影来解答。由威尔·史密斯主演的《当幸福来敲门》讲的是一个黑人父亲的故事。他认为只要肯努力，幸福一定会来敲门。但是他运气很差，先是代理的医学仪器不好卖，以致负债度日；接着他的妻子因为承受不了压力，离开他与孩子；不多久，他又因为付不出房租而被房东赶出家门。这还不够惨，最倒霉的是，他所贩卖的医学仪器被偷了。身无分文加上没有谋生工具，黑人父亲只好带着5岁的孩子到游民收容所排队，只为了可以睡一晚好觉，洗一个热水澡。

这期间，他应征到一家证券公司当实习生，实习的6个月内没有薪水，实习结束前，还必须和其他19位实习生一起参加笔试，公司最后只录取1人为正式员工。

然而，没有薪水的6个月，日子要怎么过？

所幸的是，被偷走的两台医学仪器陆续找了回来，不过其中一台坏了，他利用半夜在收容所里别人睡觉的时间起身修理，靠着卖出这两台仪器，撑过这6个月。

6个月实习期间，他必须不断打电话找客户。为了绩效，他连喝水、上厕所的时间都能省则省，只希望在有限的时间内争取到最多的客户。因为其他人可以工作到六七点，他却必须提早在4点下班去接孩子到收容所排队，以免排不到就得露宿街头。

不过，他的上司很喜欢找他做事，一会儿要他去买咖啡，有时带一份报纸，甚至上班来不及停好车，也要他帮忙去停车。或许这是因为他是黑人，故意找他麻烦，也可能看他是实习生，所以使唤他。但令人欣赏的是，每一次上司要他做事，他总是笑眯眯地立刻答应，就算再忙、再赶时间，依旧笑容满面地完成，上司对他印象深刻。

就这样，熬过了半夜看书、白天工作、晚上带孩子的6个月，终于在笔试结束后，他浑身疲惫地走出办公室。虽然不知道能不能被录取，但至少已经尽力了！

隔天，大家都在办公室等候消息，他被叫进董事长室，董事长说：

"你今天穿得很整齐，领带颜色也配得很好。"

"是啊！来上班就应该这样穿。"他回答着，心里七上八下。

董事长说："既然你已经穿了6个月西装，不晓得从明天开始你还愿不愿意继续穿？"

顿时，泪水在眼中打转，他激动得一时说不出话，只轻轻地应道：

"我愿意！"

走出办公室后，在拥挤的人群中，他高举双手，又哭又笑，大喊"YES"！

这是一个真人故事，主角克利斯现在是美国一家投资公司的负责人，他写下自己的故事就是要告诉年轻人，空虚挫败时，有人逃避、吸毒，但他坚持努力，终有一天，幸福来敲门了。

人生总有那一刻

我想这段经历应该是克利斯一生中最难忘的，尤其是他被录取的那一刻，所有的辛苦都化为甘甜。

那一刻，我们都有。还记得我的硕士论文被退了13次，最后终获通过，我走出校园的那一刻。也记得我与妻等待了10年，终于在某日清晨，她拿着验孕棒告诉我好消息的那一刻。还有预官发榜的那一刻、考上托福的那一刻、孩子出生的那一刻、新书出版的那一刻、年夜饭全家团聚的那一刻，所有的空虚与辛苦都化为甘甜。

人生中有许多那一刻，那就叫作幸福。

　　如果没有毛毛虫就不会有展翅的蝴蝶。吃得苦中苦，方为人上人。熬过黑暗，终有见到阳光的那一刻！

11封信

致李后主、苏东坡、施耐庵、宋孝宗、蒲松龄、
曹雪芹、傅强、郑板桥，
谢谢你们用不同的风范与伟业，
教导今世的我们当珍惜眼前的一切。

给李后主的一封信

李后主：

　　早就想写信给你了，因为你的那首《虞美人》，让我们不仅在学校时要背、联考时要考，连流行歌曲也唱，电影还演。尤其当我们遇到不如意、困境苦难之时，更是不自觉便吟诵起来：

　　　　春花秋月何时了，往事知多少？小楼昨夜又东风，故国不堪回首月明中。
　　　　雕栏玉砌应犹在，只是朱颜改。问君能有几多愁，恰似一江春水向东流。

　　说起来，今世之人能有像你当年那样"愁"的，应该也不多了。你贵为一国之君，享尽荣华富贵，不好好治理国家，却只爱舞文弄墨、吟诗作词，连宋朝的军队兵临城下还不自知，天真地以为宋军无法在长江上搭起浮桥，大可放心地在皇宫里听和尚讲经。如果说你被俘之后有冤，还真不冤。那些被你统领的百姓才真冤，这国怎么莫名其妙的就被破了？这城为何突然就被毁了？这安康和乐的家园三两下就家破人亡，做百姓的，怎不冤？

不过，你愿意用文字来表达心里的悲痛与愁苦，姑且还算你是个明君。当年汉武帝在连年征伐匈奴后，看到老兵们残的残、伤的伤、死的死，妻离子散，家园残破，这才发现自己有罪，而你则是成了阶下囚之后，才恍然大悟，往事呀往事，果然不少。

人只有在失去之后才会发现过去所拥有的，曾是这样美好。家国如此，亲情如此，爱情又何尝不是如此？

拥有满怀的幸福时，就当珍惜、呵护、小心经营才是呀！你的故事、你的遭遇，常给我们后辈莫大警惕与提醒——原来生于富贵，不表示永远拥有富贵；身陷囹圄，也非从此万劫不复。正如你流传后世脍炙人口的诗词，不都是你在被俘后才写就的？

你曾在面对赵匡胤时大气地说："揖让月在手，动摇风满怀。"这表现出你曾为君王的自豪，一把扇子在手，宛如一月在手，而用月亮来扇风，还真能扇出满怀的风。我说，这满怀的风，大概是你眷恋过去满怀的幸福吧？

你也曾面对自己这被俘之身，想到故国河山，摇摇头无奈地说："流水落花春去也，天上人间。"

有一点徐志摩"挥一挥衣袖，不带走一片云彩"的潇洒。

然而曾经贵为君王的你，却终究未能帮你的百姓谋得幸福呀！

写那么多诗词徒留浓浓的愁，到底要后世的我们学什么功课呢？

收音机里，偶尔还会传来邓丽君的歌声：

无言独上西楼，月如钩。寂寞梧桐，深院锁清秋。

剪不断，理还乱，是离愁，别是一番滋味在心头。

这首词或许正好解答我心里的疑问，原来连你也不知道，因为剪不断、理还乱，愁只会更愁，我们后世的人自会有个中滋味在心头。

其实，话说回来，你要不这样整日说愁、唱愁、发愁，说不定还能多活几年，42岁可正值人生巅峰呀，你整天愁呀愁的，自己不得忧郁症，旁人都要先给患上了，难怪宋太宗气得赐你一杯毒酒，结束你的愁。

可惜你没听过一句话："不要为明天忧虑，因为明天自有明天的忧虑，一天的难处一天当就够了。"

看到那关键词没有？"够了"，一天真的"够了"，因为再愁下去，你也理不清、剪不开，只会放在心里发酵，最后变成酸滋味。

读你的诗词，有许多复杂的心情在萦绕着。一来觉得可惜，这么好的文笔，为何不生来作个单纯的文学家，却要诞生在帝王之家，让你治国管理百姓？二来又觉得理当如此，毕竟一个不会治国的人，让别人来取代你，或许百姓会更早一点得到幸福。否则你整天都描写风花雪月、歌伎浓妆，岂不有点醉生梦死？

你的朝代已经结束，你的国土家园也已被历史淹没，不过我们还在读你当年的愁，我知道你的怨悔与不甘，或许再给你一次机会，你可以有不同的风范与伟业，但时不我与，过去的一切难再现呀！

历史一朝又一朝，人类一代又一代，始终重复着同样的故事，你的愁或许可以给今世的我们一个提醒：当珍惜眼前的一切，为他人的好处着想，好好活着。

幸福小秘诀

人若陷入忧愁之网便难以自拔。此时一本好书可以让人重建眼光，重新快乐起来。

临川先生，请了！

临川先生：

向您问安了！

读了您那篇《上仁宗皇帝言事书》，洋洋洒洒万余多字，剀切陈述治国之方，我们后世晚辈好生佩服。尤其在目前不景气的时局下，经济风暴席卷世界各地，您当年的见解与看法确实给现代人相当中肯的参考，我忍不住想写封信跨越时空向您请安。虽然现在流行寄信到海角七号，但是我写信寄到大宋朝时的宰相府，您应该也不难收到。

当年那个时代与今天我们所面临的环境，严格说起来，处境差不了多少。同样是经济不景气，同样失业人口增加，同样是读书人有志难伸，同样是经济压力罩顶，老百姓的口袋就像破了洞一样，才领到手的薪水，就"哗啦啦"地从口袋里流走了，钱怎么花掉的都不知道。

您归根结底一句话，就是教育出了问题。所以您在这篇上书给仁宗皇帝的文章中，用了好大的篇幅谈论如何培养、教育人才。

您认为，要知道一个人的品德，就要看看他表现出来的行为；要想知道一个人的才能，就要听听他的言谈；知道他的行为言谈之后，就找件事让他做。您认为这就是"考察"，给他一件事试试，便能知道该把这个人放在什么位置，远古时的帝尧，在启用舜的时候，也不过如此。

我想，您的这套用人原则，应是放之四海而皆准的。其实不仅是身为领导或主管者可拿来运用，我们平常交朋友同样可以以此为原则，免得误交损友而不自知。

您也认为，"久其任而待之以考绩之法"，如果引申您的意思，换个说法，就是"一件工作要能做得长久"。显然您也认为，勤能补拙，熟能生巧，差别只在于时间够不够长久。"久其任"之后，再以考绩论功赏，做事的人多半能全心全意，不担心突然被裁员或调职了！这跟咱有句俚语挺像的，"戏棚下的位置，站久了就是你的"，这实在是对后世的我们很重要的提醒。

不过，由于大环境所迫，许多公司在经济不景气的浪潮下，一波波裁员，使得许多人原本安定的工作就被硬生生结束了，想久做都不成。这可怎么办？

您则以读书人学射箭这件事来提醒我们，不要给自己设限：

> 古者教士，以射御为急；其他技能，则视其才之所宜
> 而后教之，其才之所不能，则不强也。

您认为读书人应该学骑马射箭，这在现代人看来也是新鲜的观念；可是别说教了，连想学的人都不一定有。但您为什么如此

强调呢？

我姑且再引申您的意思，换个现代人可以理解的说法。我想您指的是，读书人不仅要会读书，也要会其他技能，尤其以强健身体、保家卫国的技能优先。不过，不晓得会修理家中的马桶算不算一项技能？自从数年前找水电工来家里修马桶、水槽被狠敲了一笔之后，我就改过向善，自己动手修马桶了。结果发现原来材料费只要十分之一的价钱，其他全是人工钱。很高兴，我印证了您当年对读书人的提醒。（说真的，对于修马桶我还经过一番内心挣扎呢！）

这或许也是对现代人在经济不景气环境下的提醒，如果没有多几项才能，竞争力自然不如他人，那么被淘汰的机会也就增加了！所罗门王不也曾说过，稻谷收成之后，要将粮食分给七人，或分给八人，因为不知道将来有什么灾祸降临到地上。

引申来说，不就是"学习七种或八种才能，以备不时之需，因为不知道将来什么时候会用得到"？看来，您和所罗门王是英雄所见略同。

您的这篇万言书，表面上看来像是提醒皇帝如何选用、培养、拔擢人才，实际上却是谆谆告诫平民大众，要多方面学习，培养自己的能力，如果从下到上都如此，天下不会没有才和财。

　　盖因天下之力，以生天下之财；取天下之财，以供天下之费。自古治世，未尝以不足为天下之公患也；患在治财无其道耳。

连你这没学过财经的人都知道，自古以来的太平盛世从没有因为钱财不够用而担心，只担心理财的方法不对罢了。

照您这么说来，眼前咱们遇到的经济风暴，反倒是一个学习理财的机会，过去咱们不关心这事，结果身陷风暴而苦不堪言。可您这一篇文章倒是在此起了作用，我们可以抖抖衣裳上的尘埃，笑着对眼前的困境说：

"没关系，再来，培养自己成为一个人才！"

因为您说："成于专而毁于杂。"

所以只要我们专心，总有一天，一定可以度过风暴。

虽然您王安石当年变法没有成功，但您这篇文章对我们后世的教导可是价值不菲呀！

幸福小秘诀

所有的鸡蛋不要放在同一个篮子里，这是分散风险、化险为夷、保留实力的智慧。

与东坡同驾一叶扁舟

东坡老师：

　　前些日子，父亲过八十大寿，席间端上一盅油亮亮、皮嫩肉软、浸满汤汁的东坡肉，众人胃口顿时大开。当下便想写封信给您，您这道闻名古今海内外的菜肴，不知满足了多少人的口腹之欲，更为中式菜肴打响了名号。这一道名菜，功夫在于时间，细火慢炖，让饥肠辘辘的肚腹，在香气四溢的空气中等待，烹饪师傅与食客都花了时间，最后端上桌时，宾主尽欢。

　　父亲是大厨，整天喜欢待在厨房，我们自幼及长，成天吃他的好手艺，吃得嘴都刁了，现在孙子辈的称赞是他得意满足的泉源，有谁嚷着要吃什么菜色，爷爷一定过两天就呈现在晚餐桌上。说起来我们做晚辈的真是幸福呀，您这道东坡肉，对他来说正是齿牙动摇时最好的佳肴。

　　口中尝着东坡肉，父亲话匣子又转到当年在美国打拼时的风光。当地电视台邀请他上节目展示厨艺，怎么做糖醋排骨，如何烧葱爆牛肉，甚至当着现场观众的面将一只鸡去骨去皮，漂漂亮亮地呈现中国美食。从小在上海长大的他，跟您一样，创意十足。您擅长写诗作词，更是书画名家；他则从写书法到变魔术，讲笑话到下厨，样样娴熟。我常想，要是没有兵荒马乱的战争逃难这一段历史，他或许更有所为，人生将更精彩。

您又何尝不是如此？官做得好好的，何苦得罪高层，结果官运不顺，东贬西贬，竟被贬到海南岛，想来您的心里定不好过，但要不是因为这一层际遇，您大概也没闲情逸致游山玩水，创作出许多脍炙人口的诗词书画。

您的《寒食帖》展出时，我还排了好长的队去欣赏呢！您所写的《前赤壁赋》《后赤壁赋》，成为莘莘学子学测时必读的作品，出题老师喜欢用您的文章测验学生，显然希望学子能从中学会您的宽容大度、豪情气概。不过，30年前读您的文章，只因语文老师要求背诵，所以不能深刻体会，如今再读，才发现原来您是何等敬天啊！您说：

> 夫天地之间，物各有主；苟非吾之所有，虽一毫而莫取。
> 惟江上之清风，与山间之明月，耳得之而为声，目遇之而成色；
> 取之无禁，用之不竭；是造物者之无尽藏也，而吾与子之所共适。

您当年已经了解这世间有个造物主，主宰一切，创造山河风景的颜色，掌管人世际遇的因果，供应所有得以为诗、为文、为画的素材。您体会出上天的伟大，难怪您的作品呈现一贯的磅礴气势。

现在找到不会背诵您的《念奴娇·赤壁怀古》与《水调歌头》两阕词的人，还真是不容易呀！

大江东去，浪淘尽，千古风流人物。

故垒西边，人道是：三国周郎赤壁。乱石穿空，惊涛拍岸，卷起千堆雪。

江山如画，一时多少豪杰。遥想公瑾当年，小乔初嫁了，雄姿英发。

羽扇纶巾，谈笑间，樯橹灰飞湮灭。

故国神游，多情应笑我，早生华发。

人间如梦，一尊还酹江月。

——《念奴娇·赤壁怀古》

明月几时有？把酒问青天。不知天上宫阙，今夕是何年？

我欲乘风归去，又恐琼楼玉宇，高处不胜寒。

起舞弄清影，何似在人间？转朱阁，低绮户，照无眠。

不应有恨，何事长向别时圆？人有悲欢离合，月有阴晴圆缺，此事古难全。

但愿人长久，千里共婵娟。

——《水调歌头》

最近，咱们家正在搬家，前前后后大大小小的东西，整理起来真是耗费心力，仿佛有搬不完的物品。一位老友说得好："结婚~年搬一车，结婚十年搬十车。"

我这结婚超过15年的，可不知该搬几车了！所以当我想到您当年被贬官，四处搬家，还没有现代化的大卡车帮您载货，那种搬家之苦，可真是够您劳累的了。而您却依旧怡然自得，显然您从造物者的创造中，体会到人生的有限，与其斤斤计较世俗的名利地位，不如将上帝恩赐的才能大大加以发挥，也让后世的我们从您这旷世天才的身上，得到些榜样的力量。

东坡老师，今年过年的年菜里同样有您那道"东坡肉"，咱们家大大小小、老老少少都吃得很开心，忍不住还想再谢谢您，给我们留下这么多美丽的话题。值此不景气的时节，读读您的文章，临摹几笔您的书法，应可为现代人增添些信心，毕竟您当年被贬官时都不说苦，我们又怎能跟您比呢？

怀着谦卑的心，感谢老天爷给我们这么丰富的花草山川、这么漂亮富丽的五颜六色。常持感恩之心，敬天爱物。

布克尔，黑人终于当总统了！

布克尔校长：

看着奥巴马在电视上侃侃而谈的演说画面，脑海中马上就想到你。如果当年没有你对黑人教育事业的大力提倡，如果不是你发现受教育的重要性，使黑人同胞在奴隶解放后进入校园接受高等教育，可能到今天，黑人的地位仍无法提升。

你是化解种族歧视的桥梁，也是使黑人获取白人信任的先锋。你当年极力奔走在美国北方与南方，募款、演说，争取白人的支持，你的付出终于让今日的黑人同胞得到应有的尊重。

别说100多年前你所遇到的困难与种族歧视有多大了，时至今日，这种问题仍不时出现。还记得20年前，我正在北加州的大学城里读书。那一天，刚结束学校餐厅打工，我拖着疲惫的身躯，精神不济地沿着路旁行道树走，脑海中想着隔天要交的作业，准备去图书馆借计算机打字，又想先去找同学讨论报告的内容，满脑子交错纷杂的思绪，不自觉人便恍惚了！突然间，一辆"隆隆"作响的老爷车从身旁呼啸而过，里面一位年轻人探出头来，比了个大拇指向下的手势，然后瞪着我说"Back to your country"，扬长而去。

回过神来才惊觉，原来他正是对我说的，因为这整条路上没有其他人（你们美国的大学城就是这样，经常冷冷清清，寂寥萧瑟）。那时候我还没学会骂人，现在想想，当时应该比个中国功夫的架势，再学李小龙的声音吼一声，看能不能扳回点尊严。不过不晓得他们会不会掏出枪来，要真这样，我今天也无法写信给你了！

我所遇到的种族歧视的经历，跟你们黑人比起来，可能是小巫见大巫！今天黑人竟然能当上美国总统，我可是打心眼里佩服你当年的努力呀！你所打下的基础，为今天黑人的发展奠定了稳固的基石。

但从你的自传中，我才知道原来影响你最深的，正是《圣经》中的教导，它使你谦虚自若地面对白人。例如，你接受教育协会邀请，在威斯康星州的麦迪逊演讲，那是你第一次对南方白人发表演说，现场将近4 000人，很多人以为你会抓住这个机会，痛骂南方白人一番，为黑人同胞出口气。

结果你的演说里，非但没有半个谩骂的字眼，反而称赞很多南方人所做过的事，这使得现场所有白人感到意外与满意。你说："通过骂人让一个人转变，是非常困难的事；与唤起人们注意一个人做过的坏事相比，表扬他做过的值得称赞的事，更容易掳获人心。"

在教育学生上，你花了很多时间向他们灌输"动手做"的重要性，这对于我们现代的学生、父母和老师而言，无疑是一个重要的提醒。现代的孩子常常肩不能扛、手不能提，在家中做家务事的机会也越来越少；少子化的趋势使得大多数孩子在受保护的家庭环境中长大，但你让学生自己兴建房屋，让他们学习文明、自助与自立。

你说："这比遗憾一个地方不够舒适或完美更重要。"

为了让学生有宿舍住，有好的教室可用，有足够的设备学习，你四处奔走寻求支持，有钱出钱，有力出力，也因此结交了许多难得的好朋友。你从这些支持你的朋友身上，学到办教育应注重的方向。我尤其喜欢你说的这句话：

"最有成就的人，是那些最沉得住气的人，也就是那些遇到事情从不惊慌，也不会失去自制力，凡事镇定自若、有耐性、有礼貌的人。"

你对品格教育的认知深深体现在特斯克基学院创办的理论上，从这所学校毕业的学生，出了校门总能为学校赢得很好的声誉，也因此，你才有机会在"亚特兰大产棉各州国际博览会"上，对南方白人老板们发表演说。我相信，这场演说是今天美国之所以会产生黑人总统的历史性关键因素。毕竟要南方白人在黑奴解放后与黑人同胞平起平坐，是多么困难的一件事，但你在演说中却强调：

"我鞠躬向诸位保证，既然大家都努力解决上帝交给南方人的这伟大又复杂的问题，各位必能随时得到我们黑人耐心且富于同情心的帮助。我们大家要永远记住，虽然将田地、森林、石矿、工厂、文学和艺术领域的成果在此展出，可以促成双方之间的友爱，然而，物质利益之上的友爱关系，即消除区域性的歧视和种族偏见，决心实践公义，以及所有阶层的人顺服法律的崇高目标，也是可以达到的。"

写这封信给你，其实也是鼓励我自己，因为你在100多年前的努力，如今终于开花结果，虽然相隔了100多年，但是有眼光、有远见如你，却是身处今日的我们要好好深思与学习的。

　　虽然奥巴马今天成为全世界瞩目的人物，但你才是我心目中学习的榜样。现代人在认识奥巴马之前，应先认识你——布克尔·华盛顿。

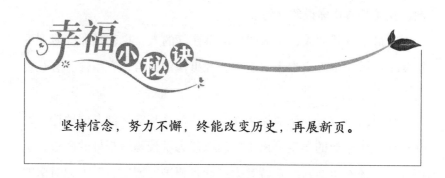

　　坚持信念，努力不懈，终能改变历史，再展新页。

俭而有德的宋孝宗

孝宗皇帝：

　　如果换一个时空，让你重当一次皇帝，不晓得你是否可以当得更好？不过，要用"好"这个字来衡量你治国的能力，其实有点过分，毕竟你在南宋偏安一隅的那种情势下，还能维持一段政治清明、百姓安康的时光，已经是相当好的政绩了，难怪历史学者评价你是南宋最好的皇帝。在你即位后，你惩治了秦桧，粉碎了他想让儿子续当宰相的阴谋，又把他当年制造的冤案一一平反，伸张正义，还岳飞清白。你的这些作为，当然令人拍手叫好。

志气与胆识

　　但无奈的是，你所处的时代是南宋呀！你决定北伐，破釜沉舟与金国一战，讨回失地。但北方的金国实力不弱，皇帝也不错，把国家治理得很好，而你又少了像岳飞、韩世忠那样的英雄，尤其是多了秦桧从中作梗，实在难为。再加上你虽名为皇帝，背后却有宋高宗这位太上皇随时对你下指导棋，所以你当政的25年期间，前20年都不能完全独立做主，以致当高宗皇帝过世后，你的热情也熄灭了，最后5年，连"北伐"二字都不想再提。

如果拿你跟父辈的高宗相比，你所能用的将军的确太少，懂得调兵遣将的人又不多，枉费你徒有北伐之志，却无北伐之力！所以后人说，高宗有恢复之臣，无恢复之君；而你是个恢复之君，却苦无恢复之臣。还好你派范成大出使金国，挽回了一点颜面。范成大也真是你朝中难得的人才，敢于接受你的命令，在金国皇帝面前，要求索回徽、钦二帝的陵寝地。试想，当时宋朝是个战败国，还敢要求索回被掳之地，确实有胆识。

更厉害的还在后面，你还想向金国提议取消叔侄相称的君臣之礼，这的确是奇耻大辱——金国大使来宣诏，宋朝皇帝竟然还得跪接诏书！唉，国力弱只得受这等屈辱。不过，因为金国朝廷规定一次只能呈上一份奏章，范成大出使便只能提索地一事，至于取消叔侄礼仪之事，只好让范成大去伤脑筋了。原来，当皇帝的都可以把难题丢给属下呀！你这份企图心，加上范成大的胆识，他竟然在金国皇帝的大殿前，大刺刺地就给全说了出来，而且范成大还非拿到回复不可，否则就一头撞死在金国大殿的柱子上，不准备回去了！

范成大的胆识，居然让金国皇帝动了慈心，准他第二天来领诏书回家。不过，金国皇帝当然没同意你的两项要求，毕竟是嘴里的肉，怎么可能吐出来？但范成大能全身而退，没被砍头，还回国复旨，在当时可是令人啧啧称奇的事。这勉强算是你在与金国对抗的过程中一个小小的事迹吧！

节俭操练德性

虽然北伐没能坚持下去，但国家还算治理得不错，至少在南宋偏安一隅时，还能让老百姓安居乐业，不能不佩服你个人的品德操守，因为你强调"俭以养德"。甚至连宋高宗都称赞你，勤俭胜于古时的帝王。

你不注重享乐，不在乎吃穿，平常的花费很少，又常穿旧衣服，这对现代人来说，倒是很好的提醒，虽然现在政府鼓励民众消费刺激经济，但是节俭还是避免浪费的唯一法则。许多人家中的衣柜早已塞满，却仍忍不住逛街再买两件。你的亲身示范，不论在当时或现代都是榜样。尤其是装修房子，动辄换个风水，改个方位，迷信加上虚荣，花费更是难以计数，所以你从不大兴土木，也不随便犒赏大臣，皇宫中的收入也几乎都未曾动用。

你不断提醒大臣们，要修养自己的德行，克制自己的欲望与贪念，才能教导百姓，建立良善的风俗。你说，少了贪念，贪官就少，社会上偷抢拐骗的事也会少；上位者能克制欲望，逢迎拍马的谗言官吏就会少，百姓违规犯法的事也会少。你的这番治国理念与态度，建立了高尚的风范，难怪当时的南宋社会呈现出安康局面。

你提倡节俭，强调节俭可以培养品德，这是咱们现在格外需要加强的。当年你吹不到冷气，用不到汽油，没有自来水，更不懂核能发电，在这种情况下还要求节俭，与你比起来，我们可真要深思检讨了。现代人所享用的方便与舒适，肯定胜过800多年前你的条件，过得也算是皇帝般的生活，只是"修养德性"这件事却不是有钱有势就能学习到的，还是得从节俭开始培养起。你对大臣们的提醒，我们可真要听进去呀！

幸福小秘诀

　　仔细守住自己的心思，不要让贪念跑出来。因小失大，一失足成千古恨。世上没有后悔药，人这一辈子除了物质，还有很多美好的事物值得珍惜。

《水浒传》教我防诈骗

施耐庵大师：

最近重读您的大作《水浒传》，突然有个体会，原来您是骗子的祖师爷！

不过，您先别发脾气，我说这话，可没有一点不敬之意，实在是您在骗术这一行早已炉火纯青，所以透过生花妙笔、借水浒人物表现出来，其实您的重点不只是讲这些英雄好汉的故事，还教咱们怎么认出骗子的招数，有哪些诈骗手段。

您知道吗，这几年诈骗集团在台湾十分猖獗，许多人纷纷掉入陷阱。诈骗集团通过手机、信函、电子邮件、网络聊天室甚至家中电话，或诱之以利，或擅用美色，或恐吓欺瞒，或预设陷阱，总之先想办法让人进入圈套，然后一步步引人到提款机前，糊里糊涂就输入对方说的一堆数字，等到醒转过来才惊悟：

"我被骗了！钱没了！"

有人被骗了数百万元，因此走上绝路；有人不甘财物损失，终日闷闷不乐，最后染上抑郁症；更有不少人哑巴吃黄连——有苦说不出。

不晓得咱们现今发生的这些诈骗事件，您看在眼里，是苦笑还是无奈？不过，我倒是可以想见，您心里一定在想：

"这些骗子勾当，我在《水浒传》里全都写过了，你们怎么不好好看一看？"

是呀！《水浒传》乍看起来是一群绿林好汉被逼上梁山的故事，但是再仔细推敲，您还真是见多识广，把当时怎么骗人、怎么下蒙汗药、怎么演戏串证骗第三者都写得活灵活现。如果真的仔细读完，人不变得精明也很难呀！

我是因为宋江这号人物才重看《水浒传》的。记得第一次读您的大作是在金门当兵时。那时我一个小少尉整天在部队里处理文书、报表，空余时间除了背英语单词，就只看长篇小说。曾有前辈说，一生必读的小说，在当兵时赶紧读，否则退伍后忙着工作、交女朋友，就不可能有时间读了。于是，您的《水浒传》成为我解思乡、解相思的精神食粮。

可是那时读您的大作，哪里读得出人生体会？只会为林冲抱屈，为武松叫好，为鲁智深拍掌，为宋江点头。可是当他们归顺朝廷后，又一个个为国捐躯，看得我徒生一堆无奈、唏嘘、惋惜之情，只好当作看一部武侠小说吧！

我始终对"吴用智取生辰纲"这一段内容印象深刻，当时只觉得这群人挺奸诈的。前些日子看新闻，报道抓到台湾金光党的祖师爷——一位80岁的老阿嬷，我才发现她的诈骗手法不就跟吴用招数相同吗？嘿！这下子我完全搞懂了，原来骗子都是跟您学的！哦，也不能这么说，应该说您早已知道骗子会怎么做，所以几百年前就写出来啦！

可惜现在咱们台湾不鼓励读古文与经典，更不提倡读古典长篇小说，所以让您当年的智慧结晶只落得放在旧书摊纳凉的份了！现在迷科幻小说的人可能比较多，至于会读《水浒传》的，除非您现身办签书会吧！

但我实在为您抱屈，怎么中国四大古典小说之一的名著就这么被冷落了呢？您当年35岁考上进士，本可以从此平步青云、升官发财，但生逢乱世，什么事都看不惯，干脆退隐写书，于是把《水浒传》中的主角勾勒成另一种英雄好汉，索性就称之为"义贼"吧！但贼就是贼，哪里还分义或不义呢？难怪您一直让宋江展现爱国的情操，当冤屈洗刷，仍愿意接受招安，为国效力。梁山好汉都想说："我是好人，我不是贼，是官逼我反的。"

所以这些"好人"劫粮、劫囚车、打祝家庄……都是"义贼"的表现呀！

你通过这些"好人"，写出他们用计行骗的勾当，功力真是高明啊！可惜被后代的坏人学以行骗天下。在此我可要为您高呼一声，现代的好人更应该仔细读《水浒传》，才会知道当年的梁山好汉怎么骗，进而防止现在再被骗哪！

幸福小秘诀

　　口出谎言、心怀诡计之人无法得到信任，也终将被人唾弃。

别再论了！读《聊斋》吧！

奇幻大师蒲松龄先生：

最近因为接连改了许多篇大学生的作业及年轻人的文章，一个很轻松的题目被论述一番后，竟变得老气横秋。这才发现原来现在的年轻人很喜欢"论述"。题目定为"春天"，不写春天的故事，却写成什么是春天。题目明明是"朋友"，不写朋友之间的交往，反而论了一堆何为益友何为损友。唉，看得我头昏脑涨、七荤八素，一点趣味都没有。我突然想念起您的文章，现代年轻人大概早已忘了您是谁，所以难从您那儿吸取养分，写出来的文字既无趣也无意义，纯为考试而写，结果写得一点新意也无，只会论，论这论那，全是自己主观的想法或意见，却生硬僵化，了无阅读之趣。

现在的莘莘学子怎么不找个时间好好读读《聊斋志异》呢？学校老师怎么不安排这样的课程呢？读《聊斋》是件多么有趣的事呀！您的文章从不高谈阔论，只有一篇篇奇幻玄异的故事。

您写《促织》一文，从表面上看像是纯粹写斗蟋蟀的故事，但实际却是写朝廷不知民间疾苦，视百姓如草芥的现象。您写朝廷迷上斗蟋蟀这档子事，要老百姓到各处去抓，而且要勇猛威武的大蟋蟀，然后上缴官府，若是没有抓到或是抓到的都太弱小，那么就得再抓，直到官府满意为止。为了抓蟋蟀，简直搞得民不聊生。

有一个名字叫成的人，好不容易抓到一只，十分高兴，交差没问题了。儿子因为好奇，趁爸爸不在家时，偷偷打开装蟋蟀的盒子欣赏，但蟋蟀跳走了，儿子一急，连忙伸手去抓，却因用力过猛，竟一把将它给捏得肚破肠流，死了！怎么办？儿子连忙告诉母亲，母亲气死了，连说："等你父亲回来，看你怎么跟他交代！"

儿子哭着跑出门。父亲回来知道这件事，气得夺门而出，要好好教训儿子，不过找了个把时辰都没找到。难道儿子离家出走了？是呀！是离家出走，不过不是离开茅草屋这个家，而是人世间这个家。他在住家旁的井里找到儿子，但已经没了气。

不过故事还有转折，儿子后来复活了，家里还很奇怪地跑来一只大蟋蟀。这只蟋蟀被送至朝廷，不但打败天下无敌手，连蝴蝶、螳螂等昆虫都不是它的对手，最后成因这只蟋蟀发了大财，让大家羡慕不已。正所谓"死也蟋蟀，活也蟋蟀；穷也蟋蟀，富也蟋蟀"。

多么讽刺又曲折离奇的故事，写得活灵活现，令人神往。

另一篇《贾奉雉》，您写一位具有真才实学的书生贾奉雉，虽饱读诗书，但参加考试却怎么也考不上。最后他闲来无聊，决定跟主考官开个玩笑，把历年来落榜试卷中最差、最烂、最不好的句子，全部抄在一起，默背下来，然后再去应试。没想到主考官最后竟然让他一举夺魁。他大惑不解，连忙再把自己的试卷拿起来看，实在羞于见人，最后干脆离开尘俗，遁隐山林！您用嬉笑怒骂的手法，将科举制度的不合理以及主事者的没见识一一嘲讽了一番，也让读者不胜唏嘘。许多人还因您这篇故事得到鼓励呢，因为没考上举人、进士，不一定是自己学问不好，很可能是主考官才疏学浅！

如果今日的学子们都好好读一遍您所写的故事，我相信在思想上、文采上都将进步神速，而且思想更有见地，眼界更广，文章要不生动都难。其实您写的故事中，还有好多篇我都捧读再三，如《司文郎》《画皮》《席方平》，让我感触良多。今儿个写这封信给您，无非是希望当今的莘莘学子能多花点心思在您的文章上，那么，参加考试时也不用再伤脑筋该如何加强作文能力了，因为有您亲自指导，用字遣词不拿高分才怪。

蒲大老师，您生前未受重视，死后一段时间作品才付梓，委屈您了。现在您虽已作古，晚辈要是能为您多唤起一分重视，当尽我绵薄之力呀！

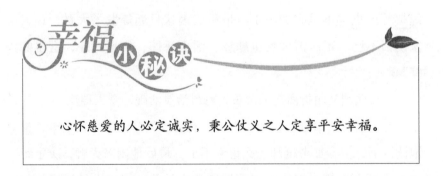

心怀慈爱的人必定诚实，秉公仗义之人定享平安幸福。

别学贾宝玉谈恋爱

曹雪芹先生：

报纸上天天上演着情杀事件，这些新闻看得我心惊肉跳、汗毛直竖。不由得想起贾宝玉与林黛玉这对恋人，当然也忍不住想写封信给您，因为您描写这对年轻的恋人，把人在浓情蜜意中的那种强烈的醋劲，说到交往过程中每一对恋人的心坎里去了。我想，您13岁之后，家逢巨变，生活从过去的锦衣玉食转为清贫苦寒；及至成人，您又过着穷书生的日子，这些经历必定让您对人生际遇、爱情、亲情体会甚深，才会借宝玉、黛玉这两个玉，来说说情的无奈。

这份无奈，令我想起一位老友。20多年前，我骑摩托车，载着刚失恋的他回家。他哭红着双眼，在后座上背了一段词："却笑他，红尘碧海多少痴情种，离合悲欢枉做相思梦，参不透，镜花水月，毕竟总成空。"我后来才知道，这是清唱剧《长恨歌》中的一段，由韦瀚章作词，黄自作曲。身在其中的恋人，对爱情真的参不透呀！但其实也不是恋爱中人参不透，自古以来的恋人不都是如此——难参透。

难怪您在《红楼梦》中写宝玉与黛玉谈恋爱的故事，这么生动。比方您写恋人会怎么吵架，宝玉的反应如下：

今听见黛玉如此说，心里因想道：

"别人不知道我的心还可恕，连他也奚落起我来！"

因此，心中更比往日的烦恼加了百倍。要是别人跟前，断不能动这肝火，只是黛玉说了这话，倒又比往日别人说这话不同，由不得立刻沉下脸来说道：

"我白认得你了！罢了，罢了！"

黛玉听说，冷笑了两声道："你白认得了我吗？我哪里能够像人家有什么配得上你的呢！"

宝玉听了，便走来直问到脸上道："你这么说，是安心咒我天诛地灭？"

够猛烈的不是？难怪报上常出现年轻恋人自杀、殉情，就是怪对方"不知道我"或"不懂我"，懊悔得真是"白认得你了"。

但我奇怪的是，为什么宝玉不直接说出心里的失望，反而要顶那么一句？无非也要黛玉难堪，更何况这两句话还是用冷笑的语气说的呢！

您又写恋人把什么事都放心里，不好好沟通，却一味要人猜，如此谈恋爱还真是辛苦，真是"刻骨铭心"呀！比方下面这一段，宝玉、黛玉的交手真够逗的。

即如此刻，宝玉的心内想的是：

"别人不知我的心还可恕，难道你就不想我的心里眼里只有你？你不能为我解烦恼，反来拿这个话堵噎我，可见我心里时时刻刻自有你，你心里竟没我了。"宝玉是这个意思，只口里说不出来。

那黛玉心里想着：

"你心里自然有我，虽有金玉相对之说，你岂是重这邪说不重人的呢？我就时常提这金玉，你只管了然无闻的，方见的是待我重，无毫发私心了。怎么我只一提金玉的事，你就着急呢？可知你心里时时有这个金玉的念头，我一提，你怕我多心，故意儿着急，安心哄我。"

那宝玉心中又想着：

"我不管怎么样都好，只要你随意，我就立刻因你死了也是情愿的。你知也罢，不知也罢，只由我的心：那才是你和我近，不和我远。"

黛玉心里又想着：

"你只管你就是了，你好我自然好。你要把自己丢开，只管周旋我，是你不叫我近你，竟叫我远你了。"

难不成这两人会腹语，要不就是彼此肚里的蛔虫？否则谁有那么多的心思，能猜出对方心里在想什么。

但恋人不会这么想，恋人只会想：

"别人不懂我的心，也就算了，难道连你也不懂？"

所以不是有首很流行的歌这么唱："其实你不懂我的心。"

结果谈恋爱的人往往越谈越辛苦，越恋越让对方猜。如果对方不猜，或是对方猜错了，那都是对方的问题，谁叫他这么笨！

您写《红楼梦》，写得让大家把这本书当成一门学问来研究，可不是没有原因呀！原来我们都是痴男怨女，都逃不过宝玉、黛玉相恋时的心思，所以男生都想遇到林黛玉，却又怕林黛玉的那股醋劲；女生也想进入豪门，认识贾宝玉，却也害怕贾宝玉的任性。

唉！真是参不透"镜花水月，毕竟成空"。

人生不过八九十年，何苦把一些心思闷在心里，有沟就得通，否则这沟要是堵塞了，最后难免走向悲剧。

曹大师，我读《红楼梦》，读不出那些红学大师的学问，倒是读出一些提醒，所谓"谈情说爱"，就是得"谈"得"说"，别让误会、猜忌、恼怒等心思放在肚里坏事啰！

　　我们常常忘了自己在孩童阶段的纯真，结果长大后学会钩心斗角、忌妒纷争。心里从此便越来越苦，日渐发酸。

看看傅强，不再有借口

亲爱的傅强：

方才正在洗糖罐，准备将新买的白砂糖装进这白色金边画着红色竹叶的瓷瓶中。我喜欢把这些瓷罐洗得白白亮亮，再装进白砂糖，这让我在喝咖啡时，多了一点放糖的情趣。

不过，在洗的当儿，我发现瓷瓶盖的凹槽处有些糖垢不易清洗，需要用小刷子深入缝隙处去刷，甚至后来还动用牙签剔除才将它洗净。这一连串动作突然让我想到了天生没有双手的你，也让我深感手指灵活的重要性。

正在这时，4岁的儿子刚上完"大号"，光着小屁屁跑过来要我帮他穿裤子。

"不是教过你穿裤子了吗？怎么还要爸爸帮你？"

我要求他："自己穿！"

"可是我裤子卡住，拉不上来呀！"

他显得有些无辜，见我不愿帮忙，只好边穿裤子，边往后拉，穿到一半时，整条裤子卡在两腿上，动弹不得。

看看傅强，不再有借口。"该不该帮他穿呢？"我思索着。

之所以会这么想，是因为受了你母亲的影响。你母亲为了激励你独立，坚持不准家人帮你忙，所以现在我也这么做，希望咱家这4岁小男生能及早学会自理。更何况，你是一出生就没有双手，别说穿裤子了，就连随手拿个东西都不成，所有的事都得靠脚来完成，所以我狠下心，不帮儿子穿裤子，任由他满头大汗慢慢将裤子穿上。

人生的确有太多事要学习，你说："在变化的世代中，不断学习的人将要接收这个世界；而终止学习的人用自己过往学到的来应付世界，却发现他们的世界已不存在！"

你举例说你的一位大学同学，在进大学前从来没有洗过衣服，结果住校后，竟然连洗衣机与烘衣机都分不清楚。还有一位同学把白色T恤衫洗成蓝色，因为他将白色T恤衫与新牛仔裤一起洗而被染了色。

你认为每个人都需要不断学习，来适应生活上的需要，使自己的生活更有效率、更丰富。这番话若是双手健全的人所说，可能无啥新鲜，但出自你的口，绝对是你深切的体认。你从接受自己没有双手开始，不断学会接纳自己，并且挑战自己，不让自己进入自怜的情境中，所以你不断为自己设定可达到的目标，而且是渐进的目标。同时，在达到渐进式目标时，给予自己奖赏，将这些变化的过程当作个人成长、发展的机会。

你说："自律及努力，跟个人的快乐与成就，是息息相关的。"

我可以想象没有手会是多么的不方便，就像4岁儿子穿裤子，

若不靠双手帮忙，大概永远也穿不来。但你在母亲下达最后通牒、不准家人帮忙时，开始接受穿吊带裤、日本袜，你突破了自己的限制，也开启自己更广阔的人生。

你的努力与坚持，造就了积极的人生观，特别是在建立自尊心上，你清楚而正确地采用一个标准，我认为这是咱们现代的孩子不太清楚的——你选择用"我是上天的孩子"这个事实作为自尊心的根基，因为你认为那是唯一恒久不变的根基。

你说："我们来自天堂，以后也要回归天堂，我们的生命操控在老天的手中。我们是可贵的，因为它看重我们，给我们生命，它为我们提供了一生感恩报恩的道路，因为它觉得我们的生命是有意义的。"

难怪你在面对生活中各种难处与不堪时，却能活得这样积极，因为你知道生命的意义，你便不再自怨、自哀、自怜了。

果然，你健康的人生观，使你获得意想不到的祝福。在你出生时，你父母亲看上一幢维多利亚式的大房子，但在签约之前放弃了，因为担心你没有双手，未来若无法走路，生活在这样的大房子中，会让你不便甚至受伤。

但就在你长大独立、事业有成时，你想为自己买一幢房子，便瞒着家人，与屋主谈条件、签合约，最后终于有了自己的房子，这才告诉家人。父母亲见到你的房子时，激动得哭了，他们说："所有的儿子中，我没想到是你买下那幢房子，我不敢相信，你竟买下那幢——我们为你放弃的房子。"

想来，上天真是幽默，你父母原本认为8个儿子中，你是他们最担心的一个，如今却在上天的祝福中，你走出了自己的一片天。

你说，每天你都用4件事来度过一天的旅程：

一　满怀希望的远景

二　用耐心培养出的平静

三　坚定的决心、毅力

四　祷告，与上帝建立亲密的关系

谢谢你的提醒，我们每个人都应该有这样的体认来度过每一天。当然，我也提醒自己，能用这四方面来教导我的孩子，让他们建立如你这般健康积极的人生观。

任何事都有因果，只要心中有爱，再大的困难也会变成好事。

难得糊涂的郑板桥

板桥先生：

　　向来久仰您的大名，不仅是您的文名十分了得，而且您的故事在电视剧里更是活灵活现，"郑板桥"这三个字俨然是包青天的翻版。您担任七品芝麻官，除奸惩恶；您微服出巡，体察民情，着实给后世子孙留下不少参考模仿的榜样。不过，之所以想写封信给您，是因为有一天看到某所高中的书法比赛，第一名的作品令我颇为惊讶，便想到您的书法。

　　会喜欢您的书法，是因为您独有的字迹，这或许是您身为文人所展现的自负吧！您一心一意想写出自己的特色，却在临摹了上百位名家的字迹后垂头丧气，心里似乎充满疑问：

　　"为什么别人都写得这么好，而我却写不好？我的字该怎么写才会进步呢？"

　　哈，想不到郑大师您也会遇到这样的瓶颈呀！不过，您的确是位努力用功、坚持到底的读书人，这一点我经常向青少年推荐，要他们读书能有您这样的精神。有一回，我将您的字给大家看，没想到却得到一堆皱着眉头的疑问：

"这字怎么这么怪呀？好丑！"

好丑吗？从表面上看，是有点丑，但其实这"丑"却是练出来的。据说您当时为了练字，勤勤恳恳到连休闲时间都不忘临空写字，似乎眼前虚着一张白纸，就用右手使劲地在空中挥舞画字。晚上睡不着，转过身来，见到妻子的背，不自觉便在她背上写起字来。夫人被您吵醒了，忍不住说：

"你有你的体（身体），我有我的体，你为什么在我的体上写字？"

没想到这句话瞬间点醒梦中人，原来每个人都有自己的体，何必模仿别人呢？自此，您就发展出自己的书法体，号称"六分半体"。

我尤其欣赏您建立自己风格的精神，可无奈的是，这种精神到了计算机科技发达的时代，已经不易维持！比如前一阵子，新闻报道一项高中读书心得比赛，结果得奖的前三名在事后被人举报是抄袭自网络他人博客的文章，主办单位只好追回得奖者的奖状与奖品。更无奈的是，担任文学杂志编辑的好朋友跟我说，不时会收到抄袭的作品，而且还是抄名作家早期的作品，像琦君、李敖、刘墉都在被抄之列，想来真令人气愤！

到底抄袭的念头从何而来？是想赚稿费吗？沽名钓誉吗？附庸风雅吗？如果是，为何不创作出自己的"体"呢？

您十分有名的一首诗《道情》，曾这样表达自己的心境：

老渔翁，一钓竿，靠山崖，傍水湾，扁舟来往无常绊。

沙鸥点点轻波远，荻港萧萧白昼寒，高歌一曲斜阳晚。

一霎时波摇金影，蓦抬头月出东山。

显然，您羡慕自由自在、任情放意的生活。毕竟一生追求功名利禄，有如湖中倒影，"一霎时波摇金影"，美丽的荣华富贵就被撼动了，蓦然抬头时，已经月出东山。由此可见，再高的名、再大的文采、再多的金钱，也敌不过时光匆匆呀！

您当年的体会，似乎并未影响多少后人，否则现今怎么鸡鸣狗盗之事如此之多呢？郑青天，您当年在世的智慧、能力，不知能不能施舍一些给现今的人？让您定夺判案时的公义、惩奸罚恶的正气以及五斗米不能折你腰的傲骨、安贫乐道的自在，能多一点散布在咱们现今的社会周围，免得生活中常常嗅到乌烟瘴气。

不过，我在污浊的空气中，还勉强有点雅兴到台北故宫博物院看看您的书画，欣赏您的字，好让自己在灵性与德行上多接受一点清理与陶冶。

幸福小秘诀

口中说出的话要与心里所尊崇的正道合一。坚持正义、主张正义，是一个人最美的品格。

写给数学不好的费纳

费纳：

昨晚4岁儿子搬出塞在橱柜里的电子琴，兴高采烈地想学钢琴家弹琴，不过这台当初老婆大人办信用卡送的电子琴因为像玩具，之前也只是让他按着琴键听听音乐好玩而已，没打算真的要他学弹琴。但昨晚咱家小王子搬出琴来，有模有样地接上电源，坐在椅子上准备弹时却没有声音！

怎么会呢？之前不是好好的吗？直觉告诉我必定是里面的电线断了，或是接触不良。突然间有个念头，反正已经没声音，看来是坏了，那么在丢掉之前，拆开来修修看吧，修不好再丢也不迟。

但说是这么说，对于我这个从小数理就不好的人，要面对电器、电阻、电线这类看起来像外星人的东西，简直比陪女儿到游乐园坐"自由落体"还困难。

这让我不禁想起了你——费纳。虽然你是《数学零分的人》这本小说中的人物，但在我脑海中却印象深刻。想写信给你，也因自己在成长过程中，与你有着同样的紧张与害怕。

你可能比我更惨，因为你父亲还是个数学家，可以想象你的压力有多大了，一个数学家的儿子却常常数学不及格，当然会让老爸气得冒烟。

　　其实说来还挺羡慕你的，至少还有个数学家老爸可以问。在我小时候，父母整天忙于工作、养家，哪有时间教孩子，如果能读就读吧，不能读将来长大跟父母做事去。我数理不好，再加上没人教，没钱补习，学校老师讲得太快，我听不懂，再加上不敢问，这下子可好，只有自立救济，靠背。

　　你能想象数学靠背能背出几分吗？结果当然一塌糊涂。

　　不过，数学不好能成事吗？你的同学安娜·露易莎说，她爸爸根本不在乎她的功课好不好，因为他自己功课不好，一样能当老板。你因此恍然大悟，原来人生不是只有数学好才会成功。

　　还好你开窍得早，不喜欢数学，却知道自己喜欢诗，也向往有一天能成为诗人。在我小时候，哪有同辈的青少年知道将来能干些什么，谁不是联考分数考到什么专业，就去学那一门课，至于兴趣合不合，那就再说吧！

　　所以你有一次文学作业获得高分，又被露易莎大大赞赏，你大受激励！我将你写的这首诗，念出来与读初三的女儿分享：

> 有人问我未来的梦想是什么。
> 有人问我以后想做什么。
> 我知道有人想当飞行员或消防员，医生或面包师傅，
> 律师或足球员，甚至大城市大卖场的清洁工。
> 但我想做的不是这些，我想当个追寻者。

追寻文字的人。

我想追寻这样的字：

可以道出月亮为何有圆有缺；

可以描述从高处俯瞰大地的蓝；

道出海面的波浪、叶子的形状和云层的厚度；

精确描绘颜色，淡紫姹紫、雪白珠白；

…………

这首很有想法的小诗，在我青少年阶段是断不可能写出来的。或许是受填鸭式教育的影响，我们只害怕考试不及格，会挨板子，打手心。

不过，我也遇到过好老师。高中时，一篇周记被语文老师当众念出来，还大大赞美了一番，对我来说真是莫大的鼓励，从此我爱上了文字。

你说："我想追寻智慧的字、被人遗忘的字、永恒的字、倒转和翻正的字，隐含情感、纵情大笑和满含泪水的字。赞美心爱女孩的飘逸黑发和白皙双手的字。"

是呀，若不是文字能有这样的魅力，怎能驱使人想成为诗人？

如今，一眨眼，自己竟从少年到青年，从青年进入中年，岁月在形体外表上留下痕迹，但当年那股对文字的兴奋，依然不减。但不知是不是因此也开窍了，现在对于数理，反而能跟咱家千金讨论半天，偶尔也能试着与她一起解解题，想不到还挺有趣呢！

昨晚，我硬着头皮将电子琴的螺丝一个个松开，然后打开那密密麻麻有如天书的电子琴内部，发现有两根电线脱落了，两边固定

喇叭的螺丝也松了，我试着将电线重新缠绕上正、负极，然后将喇叭固定好，再用胶带——将其黏牢固定，然后再依序拧上螺丝。你猜怎么着？它响了，能发出声音来了！连一旁的老婆都为我拍手呢！

昨晚又获得4岁儿子的一句赞美："爸爸，你好厉害哦！"

我走进房间准备洗澡，突然发现走路有风！

幸福小秘诀

　　一句鼓励的话语、一句赞美的言辞，可以让一个无助的人再生信心，重生勇气。

一家之嘱

善用量化的具体数字，
确实能适时提醒自己下一步该怎么做！
电子游戏玩了三小时还没停吗？
影片看两部还不够吗？
这是一家之主该有的嘱咐。

做家务

"做家务"这件事，我相信没有人喜欢，但家里总得有人做家务，所以做的那人多半也有着"不得不"的心情，比如疼爱孩子、体贴家人、父母老迈或者被迫家务分工等。但做着做着，家务总会落到某个人身上，好比现代人孩子生得少，学生升学压力又大，家务多半就由父母担下了；若再碰到个爸爸至尊、大男（懒）人主义作祟的家庭，家务就落到老婆身上了。（我一个老同学说他妈妈从小就教他，男孩子家不准进厨房。唉，去怪孔子吧，是他说"君子远庖厨"的！）

总之，一个家中，做家务的人做久了，自己习惯与否不得知，周遭的人肯定是习惯了。比如饭后的餐盘，妈妈洗；换下来的脏衣服，妈妈洗；老公的臭袜子，老婆洗；洗好的衬衫，老婆烫；早餐桌上的早点，妈妈煮（或买）。唉！难啊，写这么一段，连我这不敢称大男人的男人，都要为女性叫屈了：真的是没见过哪条明文规定，家务事要落到女人头上。

敢这么大声说话，表示我家务做得很多吗？说来羞愧，家务是有做，但只能算是前面所提"家务分工"的那一种。

刚结婚时，我向老婆承诺，家里的粗活我来做。怎么定义粗活呢？举凡墙壁黑了要漆，抽油烟机脏了要刷，瓷砖沾了油垢要洗，地板每个礼拜要拖，水管堵住了要通，灯泡不亮了要换，抽水马桶漏水要修，甚至衣橱柜子的门把断了、松了，得想办法拧紧或者换新；至于还有些什么家务，只要想到那算是粗活，就我来做吧！不过，在家务中，老婆挑了一项算是粗重的活来做，就是洗衣服。不是我不做，而是老婆嫌我洗了衣服没晾好，她认为晾衣服该有晾的逻辑和类别，为了避免在我做完之后，她还得再重做一遍，干脆就一手包了。

看起来，粗活的事我这一家之主好像领了不少，但其实也算是幌子，因为这些粗活都不像洗衣服那样需要天天做；再者，怕瓷砖沾油腻，就把瓷砖先贴上保鲜膜，抽油烟机也一样，顶多再加装上滤油泡棉，一年后大扫除前撕掉重贴一遍，保证一切像新的一样。婚后十多年，一直各自负责细活粗活，倒也相安无事。直到去年女儿上高中了，才惊觉不能这么下去，因为家务中女儿怎么做得那么少，只负责自己房间。于是，又来一次重新分配，当然粗活还是我做。

某次到朋友家拜访，在他家大门前一时无路可走，用句不夸张的说法，脚前一片鞋海，下一步不知该往哪儿走？明明有个鞋柜在一旁，却偏偏让鞋子一只只在外受冻。我便问怎不把鞋子放进去。

主人说："没办法，今天收了，明天又是一样。"

我懂了，大家的鞋子都只脱不收，所以收了也没用，明天故态复萌。反正每天都要穿鞋，何必收呢？这就跟叠不叠棉被的抗争一样，何必叠呢？晚上回来睡觉还要盖呀！

回到家，我们又有了一次家务分配，这次强调收鞋入柜的重要性，

由咱家小男生负责，他身高过了1.2米，足可把鞋子收进柜子里了。

我们有太多事每天都要做，难免因此就不去整理，但是想想这样不太对，我们难道会因为天天要吃饭，就天天吃一样的饭菜？显然不会。

为此，我在做粗活的同时，有了新的启发。所有的事都是熟能生巧，习惯成自然，遇到不会做的家务就学着做，勤快是最好的老师；不习惯做的家务练习做，久了就习惯；不爱做的家务，不能说要自己认命，但是可以给自己奖励。有时候，我拖完地板，会刻意带本小说，约老婆到家附近的咖啡馆喝杯咖啡、吃块蛋糕犒赏自己。一两小时之后，看完三四十页内容，再漫步回家，一进门，地板干了，明亮洁净，心情大好。这一切不是认命，是出于心甘情愿。

不过，最近我发现自己又多了项活儿，不知算粗活还是细活。女儿功课忙，晚上读书晚，早上起床后总是匆匆忙忙，终于有一天接到一通恳求的电话：

"爸爸，我忘了带便当还有地铁卡，你能不能帮我送来学校？对了，顺便带把折叠伞，外面下雨了！"

做老爸的自然心甘情愿地出发啦！

幸福小秘诀

　　管理家务，打扫整洁，是锻炼勤劳品格最好的方法。居住环境干净了，心也开朗了；心开朗了，人生就开朗了。

汤圆理财法

平常我还蛮喜欢吃汤圆的，遇到有凉意的日子，在家总会煮几粒汤圆暖身且解馋。记得去年秋冬交替之际，那天空气中夹着凉意，一时间浮现出想吃汤圆的念头，于是决定下班后直奔大卖场，买上几盒回家。谁知到了现场一看，哇！40元新台币一盒，内装10粒，平均一粒4个铜板，价钱好像比印象中贵，但也没想太多，便匆匆带了两盒回家。

芝麻汤圆配红豆汤，简直是人间美味，如果汤圆外层裹上花生粉，立时变成麻薯，更是美味的零食。只是汤圆热量太高，嘴馋时不免还是提醒自己要节制。

不过，让我开始有明显反应的倒不是汤圆的热量，而是它的价钱。因为后来冬至时，同样的大卖场、同样牌子的汤圆、同样的馅，居然打出4盒100元的优惠价！我说奇了，怎么硬是比平常便宜4成，等于打6折呀！厂商大放送吗？再往左右一看，每家厂商都降价，有的还平均一粒2元有找，真的是厂商拼经济，全民拼汤圆。

可见，同样的东西在不同的时令会有不同的价格，在以量制价的情况下，价格必会降低。

这应了我平时提醒孩子的用钱观念，什么钱该花，什么钱不该花，什么钱现在先花，什么钱过段时间再花，什么钱可因节流而省下，什么钱可因开源而增加，这些都是需要做计划的。

女儿开学后加入吉他社，想买一把新吉他，因为班上同学都买新的。

"爸爸这把吉他给你用！"我说。

但小女生爱面子想要把新的，拗不过她，只好花几千大洋入货，但回家试音比较半天，发现与老爸这把不相上下。

"既然这样，家里何必多一把吉他？"

她突然心念一转，第二天就把吉他退了，我说还好可以退，不然家里还得找个地方摆新吉他呢！

同样的事在家中不时出现，新皮包、新鞋子、新外套、新衬衫，或是新玩具、新计算机、新家具，通常都不是坏掉才换新，所以其实可以再等等，考虑考虑，如果多一点思考的时间，下决定也会慎重些。只是我们购物时多半冲动，以致金钱花得如流水一般。

所罗门王曾说："要把你的粮食撒在水面上，因为日久你必得回！"

这话和老祖先的一句古话有异曲同工之妙："钱要花在刀口上。"

也就是说，在刀口之下非花不可的钱，这才花它。不晓得是不是老祖宗常在刀口下生活，或是正有把刀架在颈上威胁着要钱，才蹦出这句话。所罗门王倒是文雅得多，他老人家认为粮食谷物是维生用的，如果丢在沙漠干旱地，当然不可能发芽生长，所以一定得撒在水面上才会发芽，日后才能长成粮食。这句所罗门王说的智慧之言，强调的不仅仅是努力撒粮食而已，同时还要撒对地方，然后一点一滴累积，终究能成果可观。理财之道不正是如此？

但既是理财，总要有财可理，若根本没财，何来理乎？这话听起来没错，直到有一天我正在用电热水瓶烧开水，突然悟出个道理，怎会无财可理呢？这开水不就是财吗？如果烧好的开水不用插电却能继续保持温度，那不就省下烧水的电费吗？原来，需要一天24小时插电的电器就如流水般花去的财，其实可以理理它。

于是，家中两三天不用的计算机，插头拔掉；烧好的开水，不再插电保温，而倒进保温瓶里；没客人来家里时，客厅的灯不必全开；冰箱里也不用天天塞得饱满，增加电力负荷……

有人常说我："干吗这么省？又没多少钱！"

话是没错，但我总觉得除省钱之外，更应该对生态环保、节能减碳尽力，这也是我们人类好好管理的负责态度。

一粒汤圆，在不同时节，价差四成；一度电费，在白日夜晚，也价差近四分之一。理财，从节流开始，这是一个家庭天天都应维持的美德。

再告诉你一个令人动心的结果，从电热水瓶拔掉插头那天开始，家里的电费单一年下来，都比去年同期省下500度电，费用比

去年同期少了三分之一，而且每次都在电力公司省电用户的奖励之列呢！

　　种瓜得瓜，种豆得豆，这是大自然的道理。减少铺张浪费、量入为出，这是回应大自然的态度。

我们不一样

　　不久前听到同事讲述，她儿子年前出了大车祸，却处理得心平气和，令我十分感动。

　　她和老公到了车祸现场，看到出租车门整个被撞裂，玻璃散落一地，惊觉这是多可怕的车祸呀！

　　儿子在紧急送医之后，从昏迷中苏醒过后完全不记得事情经过，不断地问："这是哪里？"然后渐渐恢复记忆，只剩下出事的刹那还不记得。

　　肇事司机十分紧张，不知要赔多少钱，一个年轻人未来还有大好前途，这下子被撞了，没完没了的理赔金、医药费，该怎么办？这是一般人的普遍反应。

　　但同事对司机说："你别担心，老天会保佑我的孩子。"甚至连急诊住院挂号的医药费500元都没让他出。

　　同事与司机聊起来，不断告诉司机，不要担心，也不要任何赔偿，司机十分感动，三天两头打电话慰问被撞的年轻人。

同事分享说："这司机觉得我们心地善良，得理饶人，跟别人不一样，没有大吵大闹，没有要赔偿金、打官司什么的，一切都很平和。"

儿子也渐渐好转了，见到妈妈后竟说了一句话："妈，这次车祸让我真的知道幸运之神在我身旁。"

这件看起来其实不太寻常的车祸，却在同事的态度下，了无痕迹地大事化小处理掉了。

因为不一样，所以不吵不闹；因为不一样，所以不看自己的亏损；因为不一样，所以不视钱如命、不同流合污，不在乎吃点金钱亏，做好事时也不张扬。

因为不一样，所以亏损不再是亏损，灾祸不看作灾祸，消极可以再次积极，"平安"会在心里扎营。

只要守住所秉持的价值观，做好人，做好事，万事的结局终将有福报。这是亘古不变的道理。

手机吊饰

　　换了一部新手机，还在适应它的使用方式，因为没有按键，还不太会快速拨号，甚至也很担心万一屏幕摔坏了，连拨号都不能拨。但是，现在的新手机都是这么用手指在屏幕上碰来碰去，若仍使用按键式的，立马就露了自己不够年轻的底，所以，换部新手机也代表新时代的使用习惯来临了！

　　既是新手机，当然得小心使用，最怕手一滑手机飞了出去，眼睁睁看它掉落在地，粉身碎骨，毕竟前两部都是这么离我而去的。但当时至少还有按键可按，所以苟延残喘地又撑了两周，现在按键都藏在屏幕下，屏幕坏了就啥也看不见，所以非得顺手才行，而且要随时拿稳，才不会掉地上。

　　女儿提醒我要给手机配个吊饰环，这样拿手机时，可以直接提着吊饰，才比较稳当，不会摔出去。

　　果然是个好建议。有一天去淡水，老街上人潮涌动，商店门庭若市，果然有不少卖手机吊饰的摊子，但要挑什么款式，反而困扰了已被女儿认定是熟男的我。

"就这一条呀！"老婆搭话了："亮亮的，看得比较清楚！"

"什么？有钻石在上面！"我惊讶！

"是啊！光鲜夺目，多漂亮呀！"老婆吹捧着！

"好吧！就挑这条！"我也没有二话，买了！

"那我也要！"女儿倒是挺会挑时机的，趁熟男老爸心情大好之际，搭顺风车也要了两条，不过没有"钻石"！

"57元！"

结账时，老板说的价钱让女儿瞪大眼睛：

"这么便宜？"

"是啊！上面写了19元一条呀！"

"爸，那你的还有钻呀！我数数看，1，2，3……28颗耶，一颗不到1块钱！"

"是呀！赚到了！"我故意开玩笑。

"可是，配上你的手机，好'娘'哦！像女生用的！"

"真的，我也有同感！回家装上再说吧！"

当然，这条镶了28颗钻的手机皮环，就成了我每天出出入入、开开关关联络事宜的手机贴身丫鬟。用顺手了，也才不管"娘"不"娘"，反正就是个可以抓住手机不失手的小饰品嘛！没去想太多。

有一天，儿子清理他的玩具。

"有什么要丢的、要送的，你都整理出来，爸爸帮你处理。"

幼儿园男生和高中女生很难玩在一起，玩的东西也不一样，所以要儿子整理玩具，基本上就像是地震过后。

"这个不要，这个送小朋友，这个可以捐出去！"他一样样分别出来。

"这个你不要？"我指出其中一项，是他的生日礼物。

"对呀！因为我已经不玩啦，所以就不要呀！"

"可是买的时候很贵耶，又没有坏，为什么不玩了？"

"因为出去和小朋友玩时，大家都不玩这个呀！"

"这个怎么也不要？"我又指另一样。他木木地看着我，似乎觉得我没听懂他的解释。

我自觉没趣："好吧！你不要，爸爸要，我还可以玩呢！尤其那个哆啦A梦的手机吊饰，可以装在爸爸的手机上。"

我别有心机的，想用这种自以为节俭的语气提醒孩子，要珍惜玩具。谁知我错了，儿子竟无奈地说："怎么这个玩具你也要玩？你很幼稚！"

这下子我才搞明白，代沟真的在一代与一代间清清楚楚地产生了！大的说我"娘"，小的说我"幼稚"，现代作老爸的还真是得跟上孩子的思维与脚步，否则怎么玩在一起？

终究，那个哆啦A梦的吊饰被儿子带到学校送人了，而镶钻的皮环却还绑在手机上。但是，时不时就有人看到问起，怎么用这么女性化的皮环？

"很'娘'吗？"我问。

"有一点！"

"但是我老婆说很好看，要我别换！"

"你老婆果然是你的天下第一大'粉丝'！"

我这才恍然大悟，一生相守在一起的只有自己的另一半，连父母、儿女都不是，只有自己的另一半。所以另一半说好看就一定好看啰！"娘"或不"娘"也无所谓啰！

　　不过，我倒是好奇想过，如果我真的把手机吊饰换成那个哆啦A梦卡通玩偶，不知会不会让自己年轻几岁呀？

　　有句闽南话说"怕妻，大丈夫！"愿意听妻子话的人，必定是心思细密、温柔体贴者。有这样品格的人在任何地方都能成功。

准备永远不够，但必须开始

在某个学校的社团活动时间，担任副社长的同学跑来找指导老师，要求辞去副社长一职，那是一个令人惊讶的决定。因为这个社团的社务蒸蒸日上，且在学校里名气响当当，每每开学时社团挑人，许多学生都排不上，遑论坐上副社长的位置，那可是不知要击败多少强者才获得的机会呀！

"不是做得很好吗？而且大家都喜欢你，为什么不想做呢？"老师问。

"因为不认同社长的一些做法，所以我干脆单纯做个社员就好。"学生答。

"你觉得社长的做法不够好吗？"老师接着问。

"有一点！"学生回。

"那么你辞去岂不可惜？因为少了一个有机会改变的力量。"老师劝着。

"怎么说？我不懂！"学生摇摇头。

这时老师挪了挪身子，抿着嘴看了学生5秒钟，然后说："你

现在高一，社长高二，所以你应该这样想，如果明天就要你接替社长的位置，让你来带领这个社团，你敢不敢接？"

"不不不，老师，我没有篡位的意思。"学生神情紧张。

"你不是不认同社长的做法吗？那么你就应该有所准备，提出比社长更好的计划，等社长高三、你高二时，就有机会接下社长一职，立刻发展社务，不会慌张失措。"老师严肃地说。

"老师，我从没这么想过，也没特别做准备，所以没想过有一天会当社长。"学生低声地说。

"准备永远不够，但必须开始。"老师正色道。

这话让学生茅塞顿开，终于在后来原社长升上高三后，顺利接下社长一职，立刻推动自己的计划，并在三个月后获得校际社团比赛冠军。

这是一所高中手语社的真实故事，成功的原因来自于老师的那句话：

"准备永远不够，但必须开始。"

在一个演讲学的课堂上，学生问教授："有没有一种快速有效的方法，让自己成为一名演讲家，而又不用上这么多理论课？"

教授回答："有。你只要每天面对镜子说话三分钟，三个月之后，保证你口齿伶俐，演讲生动。"

"就这么容易？"学生问。

"就这么容易！"教授答。

一个月后某日，教授见学生吹着口哨进教室，便问："如何，面对镜子说话练习得不错吧？"

学生睁大眼回答："哦！我只做过一次就忘了继续做，我想我还是多听点课吧！因为现在也不会有人找我演讲。"

教授笑笑说："你应该这么想，如果明天突然有人请你去一个5 000人的场合演说，你敢不敢去？"

"5 000人？明天？老师别闹了，50人我都说不出来，真有这个机会，我可能需要好好准备！"学生开玩笑地答。

教授拿起笔，在纸上写了一行字："准备是永远都不够的，但是必须先开始。"

上面这两则小故事，被运用在我和女儿的一次对话中。那段时间学校老师要求她们订出计划，准备报名中级英语检定考试。她嘟着嘴说："其他科目好多东西要读，现在还要加背这么多英语单词，怎么读得完？"

"没办法，爸爸以前考托福时，也是这样死背的，只不过你背完后，一定要做习题，要回想这些单词，反复练习才记得牢。"我自以为是。

"我们老师说，可以用零碎时间背单词，一天10个词，一个月就能背300个词。"她依旧嘟着嘴。

"那就照老师说的试试呀！"我也嘟起嘴说。

"我很想呀！但是一想到有别科要考试，我就先读其他科了，结果都没时间背单词。"她说。

我发现这情况和前面提的两个故事类似，于是也说了那句话："女儿呀！准备是永远都不够的，但是必须先开始。你如果不开始，就永远不会有进度。"

那天我和妻都提出自己读英语的心得，只见女儿点点头说："我知道啦，还是得先踏出第一步啦！"

从那天开始，她请妈妈每天凌晨4:30叫她起床，背英语单词，复习其他科目。直到今天早晨，始终如此。辛苦了我的另一半，但妻说："女儿肯用功，我就谢天谢地了。你只要负责请我们吃大餐就好了！"

"放心，钱我已经准备好了，考完试就去吃一顿大大大的餐！"

任何事都是这样，准备永远不够，但必须开始；只要开始，永远不嫌迟！

幸福小秘诀

凡事多想一步可以减少突发状况。给自己多点时间练习，可以减少临场出错。临危不乱，镇定自若，都是因为先做好了准备。

单纯不易

有一天，骑着自行车接小儿自幼儿园回家，等红绿灯时，一部摩托车靠过来。我以为自己撞了他，对方要找我理论，心里狐疑了一秒。结果对方是位老人家，而且笑眯眯地开口：

"你的小朋友跟我打招呼，好乖、好可爱哦！"

他的摩托车上也载着读幼儿园的小丫头，八成是阿公接孙女放学。

我问："他们俩是同一所幼儿园吗？"

"不是不是，我们读另一家。不过你儿子主动跟我打招呼，很友善，不错，不错！"阿公摸了摸小儿的头，绿灯一亮便说再见离去了！

我回过神来，心想，小孩还真容易交到朋友呀！我问小儿：认识他们吗？

"不认识。"他回答。

"那你怎么会跟老爷爷打招呼？"

"因为我对他笑，他也笑，我就跟他挥挥手呀！"

这句话果真说明了"微笑是最好的维生素"。我突然想，为什么成人不会这样与陌生人挥挥手打招呼呢？是成人心眼太多，还是被伤害的次数不断，或者怕尴尬、突兀、惹人生厌、自讨没趣？所以在成人的世界，没有像小孩那样单纯的思考——只要对方微笑，就可以向他挥挥手！

或许吧！在成人的眼中，许多事要思考周详，不可冲动，所以做任何决定前都考虑再三，思前想后，希望面面俱到，不愧于他人，也不上当受骗，这就不免让自己少了单纯的心。

成人的思虑复杂，以致渐渐失去单纯的心，最后也可能失去勇气。勇气是什么？勇气就是在面对一件看起来不太容易的事时，给自己鼓励的那股气。但是，这气从何而来？我终于在一次与小儿讲戴维与巨人歌利亚决斗的故事中找到答案：勇气，来自于单纯的心！

小儿问我："戴维要跟歌利亚决斗时，他会不会害怕？"

若从我成人的角度来看，戴维一定会怕呀！怎么不怕呢？据说歌利亚身高有两米七，任谁看到这庞然大汉，能不心生畏惧吗？所以难怪上自领袖扫罗，下至戴维的叔伯、哥哥，没有人敢出去应战、接受挑战。因为这些都是成年人，会判断利害得失，会考虑再三、瞻前顾后，只是他们独独缺少了小孩戴维那颗单纯的心。

戴维很单纯，他问：

"这未受割礼的非利士人是谁呢？竟敢向永活的上帝的军队骂阵？"

可见他心目中的上帝最大，巨人歌利亚算什么？戴维还向领袖扫罗请命：

"大家都不要因这非利士人丧胆，你的仆人要去与这非利士人决斗。"

这话听在众人耳中被当成笑话，所以扫罗只轻描淡写地说：

"因为你年纪还轻，那人从小就做战士。"

这时，戴维的勇气大增，他说：

"我从小就帮父亲牧羊，有狮子来我就打狮子，有熊来我就打熊。它们口中衔着我的羊，我就揪它们的胡子，把羊从它们口中救出来；它们想害我，我就击杀它们。"

这番话讲得义愤填膺、气势汹汹，有一种"大丈夫怕什么"的豪气。当然，戴维也强调自己的战斗经验十分丰富，并非有勇无谋，更何况敌人现在面对的不只是他一个小孩子，而是永生上帝的战士。

听听戴维怎么对扫罗说：

"你仆人不但击杀过狮子，也击杀过熊。这个未受割礼的非利士人也必像一只狮子或熊一样，因为他向永活的上帝的军队骂阵。"

多么有把握的一句话呀！戴维从哪儿来的信心说这话呢？他的勇气又从何而生呢？我想，就是那颗单纯的心。

戴维有勇也有谋，《圣经》上说："他手中拿着自己的杖，又从溪里挑选了五块光滑的石子，放在口袋里，就是牧人用的那种袋子，手里又拿着甩石的机弦，就向那非利士人走近去。"

结果戴维就靠一块石头击中歌利亚的头，穿过他的前额，使一个丈八的巨人硬生生倒地。戴维凭借的勇气是上帝给的，瞧他对歌利亚怎么说：

"你来攻击我是靠刀、靠枪，但我来攻击你是靠万军之耶和华的名；万军之耶和华就是你所辱骂的以色列军队的上帝。"

单纯的心让一个看起来复杂的事简单起来；单纯的心也让原本畏缩胆怯的心刚强起来，就因为戴维的勇气，整个以色列军队气势重起，战果非凡。

许多时候，我们是不是想太多了，以致踌躇不前？想想戴维单纯的心思，或许会让我们生出勇气呢！

　　瞻前顾后，犹豫再三，难成大事。天道站在正义的一边，勇敢向前，必定无坚不摧。

量化的提醒

因为健康的关系，这几年父亲每每冲泡咖啡或是奶茶时，总会将原本一颗方糖切成两半。方糖买回来后，先小心翼翼地用小刀将方糖一颗颗切成两半，然后很自律地减糖。

我总是拿他老人家谨慎吃糖的习惯告诫咱家小辈，看爷爷这么注意，大家对甜食也就尽量少碰。

但有一回全家出门旅游，整个家族老小带着吃的喝的，兴冲冲在郊外共享，父亲也满足地喝起他觉得口味还满香的罐装咖啡，而且不仅自己喝，还鼓励母亲和大家一起喝。

我说："那好甜呢！你怎么还带那么多罐？"

父亲用他的上海口音笑笑说：

"还好吧！弗会甜啦！比平常多一滴滴甜！"

我夸张回应着："哪止一滴滴，是非常多滴！"

我指着罐装咖啡说："你那一罐喝下去，就12颗方糖。"

再指着外甥手上那杯600毫升当时还不知掺进多少塑化剂的柳橙汁说：

“这一瓶甜度有16颗方糖。”

大家面面相觑，一副不相信的模样，还好作大姐的女儿挺身支持我的说法：

“对，我们化学老师说过，那真的很甜。”

父亲说：“有嘎希多呀？（有那么多呀？）”

“对呀！爷爷，你这一罐喝下去，等于喝了你平常泡咖啡放的方糖的24倍。”女儿也笑眯眯地说。

“好了，大家都加点白开水稀释……”

父亲说：“这样咖啡味道就淡了，一点也不好喝。”

孙儿们也附和：“真难喝！”

“是啊，好吃的好喝的，多半不健康！”爷爷又说了：“荷包蛋要煎得好吃，就要油多，才够嫩。以前我小时候，打仗逃难，没有钱买油，难得煎个荷包蛋，又干又焦，再难吃都还用抢的。现在大家生活好了，煮菜煎蛋就多放点油，当然越吃越油了！”

父亲又补充说：“难怪现在小孩子都这么胖，我只是以为营养好，没想到糖分这么高。”

父亲那一天的恍然大悟让咱家有了一个量化的标准，一旦吃喝外卖，总会问一句：

“这甜度大概有几颗方糖？”

因此，“练习喝白开水”就成了我们生活中一项重要的功课。有一天和朋友分享我们家这一阵子的练习，有人问：

“喝白开水还需要练习呀？不就是喝水吗？”

“是受塑化剂的影响吗？”

我突然发现过去从没想过的问题现在却成了一个大问题，而喝白开水的练习，竟成了一项重要的练习。

古人不喝水，喝茶。聚会赴宴也不喝水，喝酒。现代人聚餐更不常喝水，喝汽水、可乐、果汁。就因为大家都喝，小孩子爱喝，且乍看之下，好像果汁比白开水多一点维生素C；喝茶比喝水多喝进些叶绿素；更有人说运动饮料平衡身体的电解质，所以白开水越喝越不习惯，饮料没有颜色就难以入口。

教会老牧师这两年来，鞋子上都别着个计步器，他说："每天提醒自己要走10 000步。"

一旁的人都瞠目结舌："10 000步要走多久呀？"

"因人而异，但是如果不够10 000步，我会继续走完，到半夜也要走。"

我发现这就是量化的好处，有一个数量的计算或统计，可以让自己知道完成多少进度。

"爸爸，什么叫做弹牙？"

有一天，小儿天真地问："为什么电视上介绍吃的东西，只要好吃的就说是弹牙？"

我笑说："连牙齿都弹掉了，你觉得那东西能吃吗？"

"应该不能。那怎样才是好吃呢？"他追问。

"妈妈洗过、煮过的就好吃呀！"我答。

"会弹牙吗？"他再问。

"不一定，要看技术。"我应着。

"我知道啦！只要我吃那个虾子，吃了三只之后还想再吃，那就是又卫生又弹牙又好吃了！"他自言自语。

"哟，你也会用数量来计算好坏啦！小子！好吃的都被你抢

光了！"

原来，善用量化的具体数字，确实能适时提醒自己下一步该怎么做！例如，水、电、煤气用过度了吗？运动时间够了吗？糖、油吃多了吗？电视看太久了吗？计算机还没关吗？电子游戏玩了三小时还没停吗？影片看两部还不够吗？这是一家之主该有的嘱咐。

量化的提醒，让我们可以有个依据的标准，不至于过或不及。

缺乏思考，会让我们忽略危机，误入险境。对于不了解的事物，也人云亦云，随波逐流。学会思考，可让我们远离危险。